◆◆ 中国文学名家小小说精选丛书

东施的困惑

陈福荣　著

江西高校出版社
JIANGXI UNIVERSITIES AND COLLEGES PRESS

南　昌

图书在版编目（CIP）数据

东施的困惑 / 陈福荣著 . -- 南昌：江西高校出版
社，2025. 6. -- (中国文学名家小小说精选丛书).
ISBN 978-7-5762-5717-5

Ⅰ . I247.82

中国国家版本馆CIP数据核字第2025DM3815号

责 任 编 辑　王　月
装 帧 设 计　夏梓郡

出 版 发 行　江西高校出版社
社　　　　址　江西省南昌市新建区工业二路508号
邮 政 编 码　330100
总 编 室 电 话　0791-88504319
销 售 电 话　0791-88505090
网　　　　址　www.juacp.com
印　　　　刷　鸿鹄（唐山）印务有限公司
经　　　　销　全国新华书店
开　　　　本　650 mm×920 mm　1/16
印　　　　张　13
字　　　　数　160千字
版　　　　次　2025年6月第1版
印　　　　次　2025年6月第1次印刷
书　　　　号　ISBN 978-7-5762-5717-5
定　　　　价　58.00元

赣版权登字 -07-2025-42

化腐为奇（代序）

　　一块污泥地里散发着阵阵腐臭的气息，闻之者无不捂鼻而过，咒声不绝。

　　有人叹息道："谁有办法驱散这腐臭呢？"

　　"可以种些玫瑰花呀，我相信情况一定会有所改变的。"

　　这主意不错，很快就被采纳了。

　　于是，在这块散发着腐臭气息的污泥地里栽上了一株又一株的玫瑰……

　　不久，这块曾经散发过腐臭气息的污泥地竟然变成了一片芬芳扑鼻的香土壤。

　　随之，每每有行人路过，都会驻足观赏一番，赞美的话儿脱口而出……

　　是啊，做事的路子走对了，奇迹就会自然而然地出现在我们的眼前！

CONTENTS
目　录

141/ 第二辑　生活启迪

第一辑

史鉴人物

◀ 不甘屈小

清朝的巨贪和珅正在穿越着时间的隧道去找宋代的廉吏包拯，想看看他的家训，顺便讨教一些不明了的问题……

有人拦住和珅，说："这是徒劳之举啊！包拯住在九霄之外，而你身处黄泉之下，其间隔着十万八千里的，又如何相见呢？"

和珅听了，有些沮丧，不免喃喃自语道："我只是想告诉他，我的名气不比他小哦。听说他总是把别人送的礼物拒之门外，何苦亏待那些白花花的银子？何苦亏待自己的家人？毕竟一个人的俸禄是有限的嘛！"

"难道你不懂得'遗臭万年'与'流芳百世'有着天壤之别吗？"

和珅顿时无言以对，只好灰溜溜地走了。

◀ 回驳苛责

（一）

阎王以颇为不悦的口气指责李煜："既然你在词坛上是个高手，能做得风生水起。为何却干不好皇帝一职呢？你不胜任皇帝一职可不是我专意挑剔的啊！"

"这有啥奇怪呀？"李煜回答道，"毕竟专才不等于全才！"

阎王被驳问得一时不知该怎么对答了。

——拔高对他人的要求往往会惹来自身的尴尬！

（二）

阎王厉声指责秦始皇，说他不该筑建万里长城，那是劳民伤财的工程。

秦始皇听了，不以为然地回答："如果您能换个角度或立场思考，也许就会有新的认识新的看法了。"

"什么意思？"阎王生气地追问道，"难道你是怀疑我的智商有问题？"

"请您了解这样一个事实，万里长城是世界八大奇迹之一，地位崇高无与伦比。它更是中华民族力量与智慧的象征，意义深远而巨大！"

阎王一听，立时无语了。

——仅囿于个见，得出的判断结论难免会有瑕疵，也是不全面的，令人难以信服，！

◀ 以仁铸德

（一）

有人问杜环："据我所知，您自己也不富裕。而听说您把村里的一位患病老人婆接到家侍奉着。难道她与您有血缘关系吗？"

"没有！"杜环摇摇头回答。

"那么她能在经济上给您一些补助吗？"

"不能！她贫寒如洗，家徒四壁啊！"杜环又一次摇了摇头。

"那么她是不是可以帮助您干一些活儿呢？"

"病得无法下榻了，又怎么能帮我干活？"杜环反问道。

"既然她与您没有血缘关系，也无法给您经济上的补助，甚至也没有能力帮您干点活，这显然会加重您的负担，是一大累赘呀，那您为何还要像自己的父母一样侍奉于她呢？"

"我总不能眼睁睁地看着她饿死于病榻之上吧？"杜环伤感起来，连眼圈也红了。

——仁爱不全然是柔软温和的关切，也有义薄云天的担当！

（二）

朱冲挑着一担草料，拽着一头壮牛，朝一高墙朱门走去……

路人忿忿不平地说："那富户三番五次地欺负你，恶意地将牛赶进你家的庄稼地里去践踏；你反倒有以德报损的回应，真是可怜可悲啊！"

"也许是这牛馋嘴，见我家的地里麦苗青嫩，才会忍不住要跑过来捞些好处的吧。"朱冲语气淡然地为施恶者开脱。

富户听闻了这件事情，不由得惭愧万分，再也没有放牛糟蹋朱冲的庄稼地了。

——宽恕会使人复苏良知走向美好，信哉！

◀ 恶俗难拔

作为宋代的文坛领袖欧阳修是后世人极为敬仰的角色，殊不知他也有鲜为人知的一面，那就是他乃迫害一代名将狄青的元凶！

狄青的屈死让阎王很震怒。阎王不悦地对前来冥府报到的欧阳修说："你在对待狄青这件事上委实太不光彩了，心胸过于狭窄啊！试问一下，你跟他有仇吗？"

"我与他几乎都没有交集，何来有仇之说？不过，作为宋朝一时的文坛领袖，我不崇文抑武能说得过去吗？试想一下，武将一旦抬头得势了，我们文官岂不脸上无光？地位岂不一落千丈？作为文坛领袖，我不竭力维护我们的尊严，岂能说得过去？"欧阳修振振有词地解说着……

阎王一听，忍不住嗟叹道："真是欲加之罪何患无辞啊！你太令我失望了！"

——的确，有时候派别之争，却会让无辜者招致无妄之灾飞来横祸！

◀ 不入俗流

王安石回到家时，发现卧室被改成洞房，床头还坐着一位年轻美貌的女子，不由得大吃一惊。接着，便探问缘由，才知道那女了即将成为他的小妾。原来那女子为了救其情深义重的夫君而卖身，恰巧被王安石的夫人碰上。王安石听罢，不顾亏损一大笔的钱财立时决定放那女子回去。

老妻拦阻不了，埋怨道："官场上的男人哪一个不是妻妾成群的？您为何就不领情呢？再说了，钱都花了，您放走她不觉得心疼吗？"王安石生气地责问道："你怎么忍心拆散那对夫妻呀？那是一件很不道德的事情！至于人家妻妾成群，我可管不了，我要管住的就是自己不入俗流啊！我请问一下，如果发生事实，你难道就不担心我对你的那份爱会被无形削减了吗？"

王安石夫人忍不住啜泣起来。

——在思想境界崇高者的面前，庸俗的做法即便有再大的利好也会被拒之千里！

◀ 一矢中的

阎王用刁难的口气质问伯牙："世上有数以万计的上乘音乐作品，为何您的高山流水却能广泛流传而千年不衰？虽说知音难觅；随着钟子期的离世而去，您也应该不至于破琴绝弦终身不复鼓了吧？"

"我想，"伯牙回应道，"世人之所以会对我的故事津津乐道，这全然得益于我跟钟子期心灵相通，结下的友谊真挚而珍贵，值得用心仿效，值得深思追忆，值得向往膜拜啊！"

阎王一听，觉得伯牙的回答无可挑剔，便默然无语了。

——成功的先决条件就在于对问题的精准把握！

◀ 真爱招贬

阴曹地府里，明朝的皇贵妃万贞儿对着阎王在大吐苦水："人们一提起杨贵妃与唐玄宗的爱情故事总是心生向往津津乐道，为何对我与明宪宗的夫妻组合偏要说三道四评头论足呢？"

"这也不足为怪呀！"阎王笑着回答，"毕竟你们之间有天壤之别。试想一下，被一个少你十九岁的男人疼爱着，多不般配。你不觉得滑稽可笑吗？更何况那个男人还是地位至高无上的皇帝啊！"

"这不足以证明真爱无价吗？理应受到褒奖与尊重才是！像

那个杨玉环，原本乃唐玄宗的儿媳，隔着一辈的等级，居然投怀送抱地成为公公的枕边人，连这乱伦的事情都干得出来，怎么能配享一桩美谈佳话呢？呸，真是不要脸的货色！"

"这只是你一厢情愿的说法罢了。她杨玉环，身处那个崇尚自由追求开放的时代环境，以其才貌兼备博得皇帝的怜香惜玉，是瓜熟蒂落水到渠成的事情。至于你就不同了，与中国古代四大美女之一的杨玉环相比较，你无疑是粗俗的。而一个粗俗的女人却能获得比自己年少许多的皇帝宠爱，显然很反常。再加上你又非善良之人，总是怀着满腔妒意，千方百计地去迫害那些怀孕的嫔妃，难怪世人也不见容于你呀！你最终暴病而亡，不正是对你的严厉惩戒与莫大讽刺吗？恶毒之人，遑论真爱也！"

听了阎王的一席话，万贞儿彻底无语了。

——掂量不了自身轻重者，却要强行出头，注定会自讨尴尬！

◀ 牧童问疑

曾经一语中的地指出名家戴嵩画作《牛》之失误之笔的牧童茫然不解地问大学士苏轼："您为何要将发生在我身上的事件记在您那珍贵的文集里呢？"

"我是警示人们处理问题要尊重客观事实，不可以迷信权威啊！"苏轼慢条斯理地回答，"你能一眼看出杜处士曝晒的戴嵩画作里的谬误——两牛相斗本应力在角，尾必搐入两股间，而戴嵩的画作里却是摇尾而斗，与事实相悖，就大胆指出，可见你观

第一辑 史鉴人物

察仔细，且敢挑战权威。这种不让谬种流传求真务实的做法难道还不值得宣扬吗？"

牧童一听，深以为然地笑了。

他也立时明白了一个生活真谛：捍卫真理就是作家们的要务天职！

◀ 妙招立储

在赵构立储的计划中，赵匡胤一脉的后嗣——赵昚和赵琢成为两大入围候选人。结果，赵琢被淘汰出局，而赵昚成为宋高宗的继任宋孝宗。

赵昚不解地问宋高宗："您为何要立我为储君，而不选择赵琢呢？"

"难道忘了朕对你们考验之事了吗？"宋高宗反问道。

"什么考验呀？"赵昚显得一脸惊讶。

"哦，难怪你不知道，是朕私底下的一个决策。"宋高宗笑着解释，"大臣们的意见不统一，有的拥戴你，而有的拥戴赵琢。我虽然觉得你比他办事靠谱，但为了让反对你被立为储君的人也能心悦诚服地接受，于是出了个主意，给你们各送十个美女作为考验的筹码……"

听到这里，赵昚隐隐知晓其中的端倪了。

"后来，朕派人各自验证，你顺利过关了。而贪恋美色的赵琢只得自食其果，与皇位失之交臂！"

听了高宗的揭秘，赵昚终于明白了一个事实。

——有时候，过硬的品质才是事业成功的基石！

◀ 李绅溯由

阴曹地府里，阎王声色俱厉怒不可遏地在斥责李绅："本以为你写的《悯农》不仅同情关注劳苦大众，而且揭露了社会的黑暗，想不到你却是块令人除之而后快的毒瘤，是个不折不扣的残暴贪官啊！凭你这欺世盗名的低劣人品，又如何能写出《悯农》这一流播甚广的佳作好诗呢？真是不可思议也！"

"这不能全怪我呀！"李绅振振有词地回应道，"我写《悯农》之诗时，还是个血气方刚的年龄，打抱不平的意识特别强烈。可后来我的官职越做越大，便沾染了不少坏习气。随着时过境迁，也就觉得替他人而活岂不太亏待自己了？所以才改变了性情，变得浮躁贪婪不可理喻，自从获得宰相李德裕的提携后，更是目无法纪盛气凌人了。"

"看来，你挺能狡辩的！"阎王不屑地瞥了李绅一眼，不无讥讽地说。

李绅无语了。

——善找借口者，往往具有本质上的劣根或缺陷！

◀ 有违本意

卖炭翁委屈而又悲伤地对作者白居易说"'可怜身上衣正单，心忧炭贱愿天寒'您对我这心理畸形的描述会让我的形象大打折扣啊！'一车炭，千余斤，宫使驱将惜不得。半匹红纱一丈绫，系向牛头充炭直。'我知道您是如实描述，没有一丝夸张。当官的读了又会有如何评价呢？他们认为我是天生命贱不由人啊！可见您的呼吁根本改善不了我的生活改变不了我的遭遇，反倒落得个被耻笑被嘲弄的下场！"

"怎么会是这样呢？"白居易大吃一惊道，"我原本以为写下《卖炭翁》，旨在揭露社会制度的不合理，唤醒更多的人关注劳苦大众！压根儿没想到会给您带来这么大的困扰！"

卖炭翁苦笑道："我原本也没有埋怨您的意思，只是现况让我如鲠在喉不吐不快……"

——诚然，有善意的举动未必就能成全好事！

◀ 坦表心言

太虚幻境里，太虚君问扬名于世的曹冲："在曹操的众多儿女中，你凭什么博得他的赞赏有加钟爱不已呢。"

"因为我有以石替象称出重量的大智慧啊！毕竟聪明的孩子能得到大人们的青睐或器重，是顺理成章的事情啊！"曹冲不免豪气勃升地回答道。

"作为旷世神童，又有父亲的关爱，为何小小年纪也会暴亡了呢？是不是天妒英才命该如此呀？"太虚君不解地追问着。

"怎么可能是天妒英才命该如此？我可没有得病！只是我的存在会妨碍到比我年纪大的某些哥哥的前程。以为我活着会对其构成威胁，是最大的障碍。兼因我刚直不阿，从不收敛锋芒，就在不知不觉中为自己埋下了祸根。明枪易躲，暗箭难防，我小小年纪暴亡于世也就不足为奇了。所以，我的授业老师司马懿评价我为愚童一个也！"

太虚君一听，唏嘘不已。

——有时候，聪明过度就等同于蠢笨自损。聪明者最大的悲哀大多源于不懂得韬光养晦识不透险毒居心！

◀ 苏麟自荐

苏麟是一个做事踏实的小吏，渴望被重用也无可厚非，可是他一直总是缺少机遇。

求贤若渴的范仲淹在担任杭州知府期间，举荐了不少有才之士，让他们发挥一技之长造福于百姓。但遗漏总是难免的，一个叫苏麟的下属并没有引起他的注意。

看着范仲淹提携了不少才不如己的年轻人，苏麟感到很郁闷。于是，趁公务之便，给范仲淹呈献了一首《断句》诗。

诗的内容只有两句——"近水楼台先得月，向阳花木早逢春。"

这两句自荐诗让范仲淹明白其意念，也对苏麟有刮目相看的行动。范仲淹起了提拔之心，使苏麟有了脱颖而出的机会，从而实现了远大的抱负，以勤政爱民之誉而垂名千古。

——诚然，自重有蕴者才会有大出息！

◀ 好诗遮丑

"昔人已乘黄鹤去，此地空余黄鹤楼。黄鹤一去不复返，白云千载空悠悠。晴川历历汉阳树，芳草萋萋鹦鹉洲。日暮乡关何处是，烟波江上使人愁。"这是唐朝诗人崔颢的一首七律诗。作者以子安乘黄鹤的神话为缘起，渲染出一种令人深深向往的环境气氛，描绘出祖国锦绣山川的胜景，历来让人百读不厌，被誉为"脍炙人口的好诗"实属当之无愧。

阴曹地府里，阎王流露出既羡慕又厌恶的神色对崔颢说："崔大人真可谓幸运啊，一个好色好酒好赌之徒居然能凭着一首《黄鹤楼》而留名千古，匪夷所思也！"

"说来的确惭愧，"崔颢答道，"人品上的缺陷往往会影响其文学作品的地位，我不在其列，李绅也是，虽然他为人没有丝毫称道之处，可《悯农》依然被教科书一直留用不弃。我也一样，污垢多多劣迹斑斑，却深得命运眷顾，活出了人生的精彩与气场。我一生娶过四妻，个个如花似玉，但我总是喜新厌旧，也好酒嗜赌，竟丝毫不曾妨碍《黄鹤楼》的流传。可见，我这首诗写得很棒。如果没有这首诗，我相信自己的人生无疑会逊色多矣！"

"你的看法或许有些道理，不过我认为关键在于李白的追捧与其他文人溢美之词的点缀呢！"阎王一针见血地发表自己的见解。

崔颢接过话茬说："不错！李白的推波助澜使我愈发出名。'眼前有景道不得，崔颢题诗在上头'，说得直白而又有分量。要不是有这位大诗人功不可没的评价，我想我的这首诗应该不会像现在这样出名。其实，成功的因素有时候机遇比实力更重要！"

"也不能完全这么理解。"阎王从头至尾地吟诵起《黄鹤楼》，满是敬佩的语气，"这诗写得委实妙不可言，一气呵成，如行云流水，读来自然亲切，而且画面感强烈，情感真挚，融入了你骨血里固有的一种纯美情怀与游子乡愁。所以，它能流传千古也不足为奇喽！"

崔颢一听，似有所悟了。

——人性的光辉就在于扬善彰美掩丑蔽陋！

◀ 唐寅解诗

　　唐寅，字伯虎，是有口皆碑的明朝大画家。可他光鲜亮丽的表象并不被身居地府的阎王所认可。

　　在阴森森的地府里，阎王颇为不悦地对唐伯虎说："你乃吴门四大才子之一，才华横溢，声名赫赫。再者，年轻时风流倜傥，是无数少女的最佳选择梦中情侣。可我读了你的《临终诗》，却不由得大跌眼镜了。你全然不像传闻中的那个牛人啊，有的只是穷困潦倒身世坎坷。特别是你对我的管辖之处的诋毁，实在令人难以接受，使我不得不对你心存芥蒂。像你这样的大才子，却活得那么身无可恋，怎么能说得过去呢？什么'生在阳间有散场，死归地府也无妨。阳间地府俱相似，只当漂流在异乡'，这些话欠妥啊！你在这首诗里把我的管辖之地写得那么面目可憎，究竟有何居心？特别是'只当漂流在异乡'一句，真的让我无语了。按理说，你才艺惊人，日子应该过得非常滋润春风得意才是。而事实上却如此不堪，无论怎么说都令人难以相信吧？这究竟是怎么一回事呀？你得说个明白！"

　　阎王喋喋不休的一席话让唐伯虎的表现愈发尴尬了。

　　他沉吟许久，回应道："虽说我才艺了得，但时运不济，我有啥办法呢？我沦落到卖画维持生计的地步，难道是我所思所愿的吗？本已囊中羞涩贫困交加的我，更因知己沈九娘的离去而雪上加霜。既然我活着没有意义了，所以说'死归地府也无妨'不是顺理成章的吗？至于'只当漂流在异乡'就更容易理解了。对一个生死都无所谓的人，发出如斯感叹不是合情合理的吗？我不但没有诋毁你管辖之处的意思，恰恰相反，这是在美化你啊！众所周知的一个事实，世人对十八层地狱的忌讳与恐惧由来已久，可我说它与阳间一个样，你应该感到心满意足才对！"

阎王一听，脸色不再阴郁！

——消除误会的办法莫过于深入的沟通！

◀ 苛责成嘲

爱迪生是举世闻名的发明家。他对人类的贡献无可替代，也难以估量，因而深孚众望有口皆碑，受尽世人的膜拜与敬仰！

他恨铁不成钢地指责起儿子无法给自己增光添彩，才留下了莫大的遗憾。

愧为人子的儿子憋屈地反驳道："爸爸，这就是您的不对了！如果我比您更出名更有威望，那么您还能像现在一样受人追捧受人尊崇的吗？再说了，拔苗助长对我而言，岂不更会得不偿失地玷污了您的名声而遭人非议？"

爱迪生听罢，羞惭得无语了。

——把自己的意愿强加于人者，往往是自讨尴尬自找烦恼！

◀ 甘于庸凡

有人不解地问苏轼的儿子："都说'长江后浪推前浪'，或曰'青出于蓝而胜于蓝'，你爸爸是那么赫赫有名，为何轮到你时却这样默默无闻了呢？"

"这有啥值得奇怪呀？"苏轼的儿子嚷道，"既然他对我的期望值不高，曾以写诗的方式表达其育人观点——'惟愿我儿愚且鲁，无灾无难到公卿'，那我为什么还要倒逼着自己去发奋有为而委屈自己呢？这不就成了不孝不顺的逆子吗？"

问者不由得嗟叹道："你真是一个'怒其不争，哀其不幸'的货色啊。'态度决定命运'，信哉！"

◀ 杜甫解疑

"江月去人只数尺，风灯照夜欲三更。沙头宿鹭联拳静，船尾跳鱼拔剌鸣。"这是唐朝诗人杜甫所写的《漫成一绝》。与"两个黄鹂鸣翠柳，一行白鹭上青天。窗含西岭千秋雪，门泊东吴万里船"的《绝句》一诗有着异曲同工之妙，两者都打破了起承转合的写诗惯例，因而招致一些所谓的行家争议不休，甚至有的对其嗤之以鼻鄙夷不屑呢！

杜甫听了，不以为然地哈哈一笑道："看来你们都是些因循守旧之辈，与我难以默契相投也。虽然我的这首诗不像《登高》一样出名，也比不上《茅屋为秋风所破歌》那样脍炙人口，但你们总不至于否认它的艺术魅力吧？句句写实，却能做到动静结合应用自如，貌似不兴一丝情感涟漪，实则洗涤心胸使人变得沉静恬淡。难道这也该备受指责或挑剔的吗？"

行家们听了，不禁面面相觑了。杜甫所言委实不妄，四句诗里，虽然每句都各成一体，互不牵连，可又不曾妨碍整体布局的统一和谐，真可谓是妙不可言啊！

——诚然，不冲破藩篱陈规，何以走出一条出奇制胜之道？能成就自身的与众不同，往往需要大胆突破不拘一格的勇气。

◀ 一念灭恶

阴曹地府里，阎王不悦地对大名鼎鼎的文学家司马相如说：
"生前的你既然有了娇妻作伴，为何还曾有过贪图新欢的念头？"

"因为男人们几乎都有喜新厌旧的通病与做派，我也不例
外！"司马相如直言不讳地予以回应。

听了司马相如表达的观点，阎王不解地追问道："那后来你
为何又会打消这一念头呢？"

"卓文君的《白头吟》震撼了我，倒逼着我不能不顾及她的
感受！毕竟当年我为了能娶到如花似玉的她而写过了一首《凤求
凰》呢！"

阎王忽有所悟了。

——大写的人生，有时候就在于迷途知返不撞南墙！

◀ 伪善之辩

阴曹地府里，阎王以鄙夷不屑的语调对刘备说："原以为你
宅心仁厚善解人意，还曾留下过'勿以恶小而为之，勿以善小而
不为'的名言，应该算是一位慈祥的长者。可事实呢？出乎我的
意料，你道貌岸然，不配受众敬仰也！"

"难道你认为我不是一位慈祥的长者？"刘备不悦地反问着。

"如果你是一位慈祥的长者，而当你投宿于猎户刘安家时，
也不至于对刘安杀妻煮肉给你吃这一血淋淋的事实还能甘之如
饴，没有一丝丝的责怪之意吧？"阎王加重语气在严厉地谴责与
抨击。

"既然刘安杀妻煮肉已成为事实，我怪之又有何用？况且他是完全考虑到我的饥饿才迫不得已作出牺牲的，我怎么可以辜负他的一番好意而不予夸赞几句呢？"

"你这恬不知耻自私成性的家伙，居然还冠冕堂皇地找出这样的理由敷衍我。那可是一条极其鲜活的生命啊！"阎王禁不住勃然大怒地训斥道。

刘备立时羞得无语以对了。

——自私者注定会遭人唾弃！

◀ 活成笑话

阴森可怖的地府里，阎王皱着眉头以怜悯的语气对梁武帝说："在众多皇帝中，你也算是个长寿者，品行也不差，可为何会落得个被活活饿死的下场呢？"

"这也许是我沉湎于佛法而得到的报应吧？"梁武帝满脸羞惭地回答。

"看来你不是一条糊涂虫呢！"阎王直言不讳地表达了自己的痛惜之意，"按理说，你应该有着良好的口碑才是，却最后活成一个笑话，真是可悲可叹啊！"

"唉！看来你又犯糊涂了。想当年你意气风发励精图治勤政爱民，在诸多领域都有建树，深受百姓的爱戴与拥护。曾几何时，你却迷恋于佛法，竟然做到不近女色，一心修炼，致使大权旁落，而且在政变中被拘囿因禁，以致晚节不保，乃至活活饿死……"

听了阎王不带虚妄的一番描述，梁武帝不由自主地低下了高昂着的头颅。

——有些不该有的嗜好会使人不知不觉间走向毁灭！

◀ 曹操解由

阴曹地府里，阎王不解地问曹操："您在处置陈宫与吕布这件事上为何会有截然不同的表现呢？让陈宫不被折磨地死，而却不让吕布痛痛快快地死呢？"

"这有啥奇怪呀？对待不同的人总用不同的态度向来是我的为人准则！"曹操慢条斯理地予以回应道，"试想一下，陈宫曾经有恩于我的，只是他与我之志不同而不相为谋才分道扬镳的。虽然他后来投靠了吕布，念其过往对我的一份情意，也想着劝他归顺于我，怎奈他无动于衷，为了不让众目睽睽之下有人会说三道四，我才迫不得已地杀了他的。至于吕布，是我一贯的劲敌，我对其没有丝毫的好感，捆其身而述其罪，砍其头而再以示众引戒，应该也算不为过吧？"

阎王忽有所悟了。

——对于性格有棱有角者而言，总是会在不知不觉中流露出泾渭分明的爱憎恩仇！

◀ 一诗亚名

太虚幻境里，阎王问政绩卓著的张居正："你最敬佩的张姓文人是谁？"

"宋朝的张俞呗！"张居正脱口而出，毫不犹豫地作出了回答。

阎王睁大了眼睛，反问道："你确定？会不会还有别的选择呢？你说的那个写过《蚕妇》一诗的人，与文学史上留名的张继、张九龄相比，可谓相差甚远啊！你还坚持这一选择不更改吗？"

"您说的或许也有道理。但我认为张俞的诗构思巧妙，显示了他对生活的敏锐洞察力和高度概括力。他就只凭这样一首诗而留名千古，显然是张继张九龄所办不到的呀！"说罢，张居正随口吟了起来："'昨日入城市，归来泪满巾。遍身罗绮者，不是养蚕人！'"

之后，意犹未尽地赞叹道："这历历在目的描述，这入木三分的刻画，应该会让笔力雄健的张继张九龄也相形见绌自愧弗如啊！"

阎王细忖良久，觉得张居正说得颇有道理，不由得喟叹道："有生命力者，必会被认可也！"

◀ 李白诉惑

唐朝的大诗人李白穿越时空的隧道，来到了一家报纸的签发室，看到了一首将要刊出的自由诗，便好奇地读了起来。

读着分了行却没有押韵的且不知所云的诗句，李白喟叹道："后世人写诗怎么可以梦呓般地絮叨呀？随意到这个程度，到底是一种进步还是退化呢？"

"你竟敢怀疑我们的智商与情商吗？"一旁睁着惺忪的睡眼

的总编怒气冲冲地呵斥着。

李白暗忖道："我原本只是想提醒一下，写诗应该遵循诗的属性与规则，却不料反倒被责怪被怒怼，真是情何以堪也！"

就这样，他噤若寒蝉一声不发！

——挑战权威往往会自讨尴尬愿不得偿！

◀ 内藏玄秘

阴曹地府里，阎王不解地问曹操："都说您有与众不同的嗜好，爱娶寡妇为妻妾，能告诉我真实的意图吗？"

"既然你想知道，那我就不妨实话告诉你！"曹操爽快地答应道，"不都说寡妇门前是非多吗？我娶之不就为她们解除掉被冲击与困扰了吗？再者，我以这种方式联姻，在一定程度上既巩固了自身的政治地位，又有可能化解掉敌对势力，是一举多得的好事，我岂能何乐而不为呢？"

阎王听了曹操的话，不禁茅塞顿开恍然大悟了。

——不拘泥于形式上的讲究，往往体现了战略家深谋远虑的一面！

◀ 猜思名曲

太虚幻境里，扁鹊羡慕地对华佗说："真是应验了'后生可畏'的话，您的医术应该算是已达到了登峰造极的地步了，否则就不会有家喻户晓妇孺皆知的名声吧。若是我有您那样的医术，便无憾矣！"

"此话怎讲？"华佗一脸困惑地反问道，"像您、张仲景、孙思邈、李时珍等不也是医术顶呱呱的名家吗？这可是千真万确的事实啊，您怎么反倒羡慕起我呀？"

"只要我说出这样一个事实，保准您会觉得我说得有道理了。耳熟能详的'华佗再世'的评价语，世人哪一个会觉得陌生呢？试问一下，您又何时曾经听说过有'张仲景再世''孙思邈再世'或'李时珍再世'的评价语呢？可见，您的名气比我等大多了，是我等所望尘莫及的啊！"扁鹊激动地回答。

华佗立时无语了，他暗忖道："这也许是得益于我被曹操给杀害的缘故吧，几乎所有的世人是同情弱者的！"

——的确，人心不可能做到绝对的公平，等同的实力未必会有一样的威望，信哉！

◀ 破险谋安

阴曹地府里，阎王恭敬地迎候郭子仪的到来。一见到郭子仪，阎王有些不解而又迫不及待地问："郭老将军，我有一事不明，向您讨教。为大汉朝立下赫赫战功的韩信因功高震主而被杀，您也同样是功高震主的，为何却能寿终正寝呢？"

"因为老朽从历史上的一些血的教训里汲取经验，自觉地规避风险！"郭子仪一本正经地予以回答。

"老将军的话过于抽象，让我一时间难以理解，能否说得浅白通俗些呢？我正洗耳恭听着！"阎王满是期待地注视着郭子仪！

"那就容老朽举些典型的事例说说吧。当年逾古稀的老朽从险象环生的沙场上凯旋，唐代宗试探着要给老朽加官晋爵时，老朽心知肚明，可不能中计入圈套呀，所以佯装糊涂地向皇帝请求赐以几名美女了度余生。如此，才灭却了皇帝对老朽的猜忌躲过一劫。有一回，权倾朝野的卢杞过来做名义上的拜访，老朽知道此人貌丑心恶阴险无比，为了不被构陷诬害而更衣恭迎，使其很有面子地刷了一回存在感成就感，也算是为自己留下了一条退路啊。"

"听了老将军的一席话，我觉得您这是在自我作践自污名节啊……"

"老朽心里清楚此乃不得已而为之的做法，但为了保全身家性命，只能曲道觅行也！"

阎王立时无语了。

——有时候，生存下去靠的就是以退为进的策略或韬光养晦的智慧；成功者能做到自警自省地急流勇退不失为一条规避风险之道。

◀ 不改初衷

阴曹地府里，阎王皱着眉头问朱元璋："你明知道自己的四儿子朱棣骁勇善战雄才大略，在太子朱标猝然病逝后，为何不将皇位传给他，反倒选个皇太孙来继任呢？"

"我有苦衷啊！"朱元璋申辩道，"我知道朱棣这个儿子才堪大用出类拔萃，可他性格暴烈如我，不宜做皇帝。再说，他又不是马皇后所生。我若传位给他，岂不使纯正的血统无法得以延续？这可是我最忌讳的一件事！"

"可后来的事实证明是你错了呀！永乐皇帝却是皇帝里头凤毛麟角的一个。倘使你把皇位直接传给他，也不至于会酿成一场灾祸。没了靖难之役，就不会有你的儿子逼得你的皇太孙为躲劫而自焚的！"

"此乃我所始料未及之事也！我生前竭尽全力地为我的皇太孙扫清了前进道路上的许多障碍，但没想到他过于仁慈地纵容他的皇叔害了自己呢……"

"如果让你再做选择，你将如何处之？"阎王话锋一转。问道。

"我还是会选朱标的儿子朱允炆来继任的，他实在是个有情有义的孩子！"朱元璋态度无比坚决地回答。

"为什么你就不会去改变初衷呢？"阎王讶然不解地追问着。

"因为我觉得只有这样做，才无愧于心。既弥补了我对马皇后的亏欠，也让朱标不留遗憾。再者，我的这个皇太孙并不是个治国无能的庸才。他有自己的主见，只是心肠有些软而已！"

阎王一听，默然无语了。

——私心与执念往往会使人变得拒绝清醒不可理喻。

◀ 根究俗语

太虚幻境里，宰相王安石与将军狄青发生了一次有趣的互动对话思想碰撞。起因就是世上有了"宰相肚里好撑船，将军额上能跑马"这样的经典俗语。

"王大宰相，听说您临近花甲之年娶了一个颇有姿色的年轻小妾。由于您公务繁忙，而那小妾又耐不住寂寞，结果导致她红杏出墙，与您府中的一名相貌俊朗的差役私通。被当场捉奸在床后，您不但不予惩治，反倒赠送银子成全了他们，使之成为眷属。果真有这么一回事吗？"狄青好奇地问道。

之后，意犹未尽地补加了一句："您可真是胸怀海阔气量恢宏的君子楷模啊！"

"当然有这样一回事啦。否则，世上也就不会有'宰相肚里好撑船'的俗语流播了！"王安石接过话茬，非常肯定地作了回答，"我也曾听到过有关您狄将军的一个故事呢，说的是您的肚量与胸襟与我不分伯仲！传言应该切实不妄，对吧？"

"对啊，"狄青也非常肯定地报以回应，"我小时候家境贫寒，曾干过一件偷盗之事，因而脸上被刺了字，无法抹掉。长大后，我凭借着发愤图强与自强不息，成了一名在战场上叱咤风云的武将。但因留下的历史污点或曰不光彩履历而免不了被下属指指点点说尽闲话。军中有人建议我给予严厉惩治，可我并没有采纳，并扬言自己的额头可供跑马呢，于是我也有像您一样的好名声，流播着'将军额上能跑马'的经典俗语！"

在一番互诉对话中，王宰相与狄将军都悟出了这样一个生活真谛。

——君子之风在于严以律己宽以待人，载誉之道就因坦荡无私宽容大度！

◀ 拐道捷达

甲乙两人正在为一事而激烈地争论着。什么事呢？就是诸葛亮与刘伯温比较，谁的智商更胜一筹。

甲说:"我始终认为诸葛亮的智商比刘伯温高出许多!"

"你为何如此肯定呢?"乙不以为然地问,"我与你的观点恰恰相反,你能讲一下理由吗?"

"你应该听说过'三个臭皮匠,顶个诸葛亮'的俗语吧?这个俗语不是证明诸葛亮的名气比刘伯温大吗?因为你一定不曾听说个'三个臭皮匠,顶个刘伯温'的俗语哦!"甲振振有词地发表着自己的"高见"。

"这话听起来不怎么令人信服。你还有更具说服力的说辞吗?"乙追问道。

"我想到另一个事实。"甲说,"诸葛亮最终是病死的,而刘伯温则是被仇家毒死的。这不又说明刘伯温的智商不如诸葛亮吗?"

"简直是牵强附会胡搅蛮缠!"乙忍不住大声嚷了起来。

"难道被人毒死的会比正常死亡者的智商高?"甲言辞犀利地驳问。

乙被迫无奈地缄默其口了,因为甲说的也不无道理啊!

——有时候,力逾千钧的,恰恰是基于旁敲侧击或歪打正着的效应!

◀ **虑远泽厚**
....

司马炎带着几名跟随去抚慰负伤而归卧在病榻上的大将许狂,感念其忠勇,准备赐以京城外的大片沃田来弥补对他的亏欠。

可许狂坚辞不受,反向司马炎索讨凉州一些瘠薄的土地。司马炎听了,虽纳闷不已,然而愈发敬重许狂为人恬淡的性情。

不过，这下家眷们都抱怨许狂，颇觉他傻得无可救药。许狂没做一声辩解，只是笑而默受。

后来的事实证明许狂的选择是无比正确的。原来，朝中动荡，波及京城之地祸乱丛生，百姓饱受战火之苦。而远离京城的凉州则成了许家的避难所，他们在那儿繁衍生息，过着安居乐业的日子。

这时，家眷们才明白已然病逝的许狂有着超群的智慧与独到的眼光。

——诚然，不贪图眼前的利益，拥具睿智的头脑与切实的计划，必然能收获后福连绵惠及子孙的回报！

◀ 公心荐贤

祁黄羊尚未过来报到，阎王就早已听说他有过"外举不避仇，内举不避亲"的做法，因而对他格外仰慕与敬重。

为了能亲耳听到发生在祁黄羊身上的故事，阎王一见到他便迫不及待且佯装讶然不解地迎问道："作为四朝元老的您德高望重，应该积累了不少的人脉。当晋悼公问您告老退休后的人事安排议题时，您自然要举荐跟您沾亲带故的人。可您没有这样做，为何反倒最先想到的是仇家解狐呢？"

"当时晋悼公问的是由谁可以接替我的岗位——中军尉，我觉得以解狐的阅历与资质足以胜任，所以毫不犹豫地举荐了他，有什么不妥吗？虽然解狐与我的关系僵冷，甚至可谓是水火不容，但我总不至于不承认他的能耐或才干吧？更何况晋悼公问的是军国大事治理策略，我岂能视同儿戏而敷衍了事？"

祁黄羊正气凛然地侃侃而谈，让阎王对他愈发刮目相看了。

"可后来您为啥又举荐了自己的儿子祁午呢？您就不怕被人说闲话吗？这岂不违背了您原有的大公无私精神了吗？"

阎王直言不讳地表述了自己的困惑。

"那是在我举荐解狐时他却猝然离世的缘故！倘若他还健在的话，晋悼公也不至于再问我谁可充任其职的议题了。"祁黄羊回答道。

"那您就不怕别有用心者会诬陷您吗？"阎王的脸上流露出关切的神色，"毕竟您推荐的是自己的亲生儿子……明知是一大忌讳，您为何不借故避谈其事呢？"

"既然我是出于公心，就事论事的，为何要借故避谈呢？那不是显得很虚伪了吗？以我耿直的性格是不屑为之的！"

听了祁黄羊的一番话，阎王无语以对了。

——诚然，世上只有坦荡无私光明磊落顾全大局者，才能做到外举不避仇内荐不避亲也！

◀ 追溯名山

穿越时空的隧道，19世纪的俄国寓言作家蕾克洛夫见到了17世纪的法国寓言作家拉·封丹，问道："我们都是写寓言诗的，都是影响整个世界的寓言家。您觉得我们的伟大成就源于什么？"

"显然在于我们的作品都脍炙人口呗！"拉·封丹脱口而出。

"我认为您说得不够全面。我们之所以能影响整个世界，关键取决于我们的作品深入人心，弘扬的是真善美，鞭挞的是假恶丑。我们在捍卫真理上的做法是完全一致的！"蕾克洛夫表述了自己的独到见解。

拉·封丹听了，深以为然地点了点头。

——诚然，成功不全然是技巧上的精准处理，还有思想道德的高尚与美丽！

◀ 巧治怪病

明朝李时珍写的《本草纲目》是家喻户晓的一部药物学专著，很被后世人所推崇；其实，他的医术也是顶呱呱的，却因其有名著而被忽略不计了。

听说李时珍的医术高超，一名得了食不知味怪病的县官便派人请他过来诊治。

李时珍见到县官后，先是察看其气色，之后问明其症状，接着给其把脉，便对其病情已了然于胸。他意欲开方却迟迟不肯下笔，只是对县官说："您患的是妇科病，谨记用心调理一番，使气血顺畅了，便可自愈。届时，鄙人还会再次前来收回诊金的！"

不待李时珍把话说完，县官立时勃然大怒起来，嚷道："真是庸医误人啊！我乃堂堂七尺男儿之身，怎会得妇科病呢？简直是无稽之谈！"

这话惹得一旁的眷属们都掩嘴窃笑不已！

县官见了，愈发恼怒，遂将李时珍赶撵而去……

几天后，李时珍果然登门要收诊金来了。

这回，县官却客客气气地将之迎入府里，恭恭敬敬地奉上一笔诊金，并对李时珍说："您真不愧为一名神医啊！不过，鄙人有一事不明，想讨教个中奥秘。您没给我开出一味药剂，为何却能治愈我的怪病？"

"因为我知道您的病源所系——"李时珍慢条斯理地回答，"由于平时压力过大，您患的可是抑郁症嘛。我觉得只有把您淤积于胸的恶气驱逼出来，便可起到不药而愈的效果，所以煞费苦心地编造出您患的是妇科病的笑谈！"

李时珍情理兼备的剖析让县官茅塞顿开恍然大悟了。

——有时候不直奔主题却剑走偏锋而施以险行趣投，恰恰是出奇制胜之道也！

◀ 究距溯由

穿越时空的隧道，宋代的权臣司马光邂逅了汉朝的史学家司马迁，肃然起敬且仰慕不已地说："前辈写的《史记》被后世人誉为'史家之绝唱，无韵之离骚'，评价之高，无出其右。而晚生虽也有《资治通鉴》一书留传下来，可永远收获不了您的那份独一无二的殊荣，真是相形见绌自惭形秽啊！"

"你无须自扰，这只是你对我的一份抬爱高看的说辞罢了。我揣度着，你既然有《资治通鉴》传世，想必也是苦心孤诣之作，自然不容小觑。否则，又何以流播于世呢？"司马迁颔首以回应道。

"谢谢前辈给予的宽慰，晚生心知肚明自己的轻重。在您的皇皇大作面前，焉敢居功托大？只是，晚生心里有一事纠结，很想讨教一下您的成功秘诀！"司马光诚惶诚恐地说。

"如果硬要说我的文章比你出彩的话，"司马迁滔滔不绝地谈起了自己的看法，"我想这应该功归于我比你多了一层磨难。我是在遭受宫腐之刑的煎熬下，抑或曰忍辱负重里才有了《史记》的，而你不同，一直是地位崇高生活优渥呀。俗话说得好，'愤怒出诗人''诗乃穷则而后工'，所以我的成功或出彩就是为了专门去验证那些话似的……"

司马光一听，忽有所悟了。

——磨难或挫折，不全然是人设的障碍，也有可能是跃冲或奋进的动力！

◀ 岳飞求解

穿越时空的隧道，宋朝名将岳飞遇见了唐代名将郭子仪，惑然不解而又迫不及待地问道："老将军与晚辈可谓有许多相同之处。比如，同是功勋卓著之流，都在战场上叱咤风云所向披靡……为何晚辈与老将军的结局迥然有别呢？为何老将军能安享晚福，可晚辈却被逼迫而屈死于风波亭呢……"

"我想，有这样的答案不难理解。"郭子仪语调淡然地予以回应，"因为老朽的情商比你高出许多啊！"

"此话怎讲？"岳飞讶然追问道。

"如果你不打着'迎回二圣，直捣黄龙'的旗号，没触犯到宋高宗赵构的利益，老朽揣度必无人诬陷你了！这一点，你应该心知肚明才是！而老朽不像你一样迂腐，莽撞地去干那些吃力不讨好的事情。虽然我也为大唐朝立下赫赫战功，可我懂得权衡利弊，自污形象，以贪图美色与享乐做伪装，才避免了功高震主的忌讳啊！"

岳飞一听，忽有所悟了。

——诚然，不擅长机变之术，往往会给自己带来不必要的致命一击！

◀ 不骛高就

在太虚幻境里，南朝梁使对在楠溪江青嶂山上的陶弘景说："齐高帝下诏，宣您入朝辅政，您为何要拒绝呢？这可是打着灯笼也难找的美差啊，换作他人肯定认为是祖坟冒烟，笑得合不拢嘴了。您却舍弃它，难道不觉得太可惜了吗？"

"人各有志，勉强不来！"陶弘景回应道，"我在《答齐高帝诏》一诗里已然表明我的态度了。'山中何所有？岭上白云多。只可自怡悦，不堪持赠君'，若是我一旦入朝为官，必将会在尔虞我诈钩心斗角的权力之争中博弈拼杀，迷失方向。那可是违背了我的意愿，也与我的禀性格格不入，所以我只想做闲云野鹤以图自在。虽然没有丰腴的物质享受，但人是自由，心情是愉快的！难道我保持这样的状态不好吗？"

南朝梁使被反问得缄默其口无语以对了。

——为人处世就该有自己的主见，只有听从内心的召唤，才不会使自己陷于困顿！

◀ 元稹诉困

阴曹地府里，元稹带着委屈的口气对阎王说："我曾写过

'曾经沧海难为水，除非巫山不是云'的千古名句，为何很少有人知道它乃出自我之手呢？"

"它歌颂的是忠贞不渝的爱情，可事实上你的做法与之背道而驰。你风流成性，喜新厌旧，生活一向不知检点……难怪会被世人憎恶鄙视，又怎么指望人家不遗忘你呢？"

元稹被驳问得无地自容，羞惭地低下了头。

——德之寡薄者，纵有天大的才气也是枉然！

◀ 大道至简

甲乙两人正在为谁是古代智商最高的人而争论不休。

甲说是诸葛亮，理由为他神机妙算，"功在三分国，名成八阵图"，还有发明惠及后世，厉害得很！

乙说是鬼谷子，理由为他教出来的学生个个顶呱呱，俱乃出类拔萃的人中龙凤，像苏秦、张仪、孙膑、庞涓、商鞅、吕不韦、白起、李牧等人物都对后世产生过巨大的影响，他把天下视为棋盘，调动作为棋子的学生们把控当下时局，搞得风生水起波澜壮阔。

甲乙两人各执一词，谁也不服谁。

一个过路人听了，说："听你们的对话，我觉得鬼谷子应该比诸葛亮更胜一筹！"

甲乙两人都好奇地睁大了眼睛，之后就齐声同调地发问："为什么？"

"不都说'人多力量大'吗？"过路人剖析道，"凭诸葛亮一己之力又怎能敌得过鬼谷子教出来的那么多学生之合力呢？更何况还有'三个臭皮匠，顶个诸葛亮'的说法呢！"

甲乙两人听了，立时张口结舌默然无语。

——诚然，具有最强说服力的莫过于能一语中的一针见血一剑封喉！

◀ 公平在心

有人问苏格拉底："公平是不是指等量的或大小一样的东西被均分呢？"

"不对！"苏格拉底摇摇头说，"毕竟，即使是等量的或大小一样的东西也可能在资质上有优劣之分啊！所以，公平不在物上，而在心里！"

"什么意思呢？"问者愈加好奇了。

"意思就是说，被甲认为分出的等量齐观的东西由乙先行挑选，抑或被乙认为分出等量齐观的东西由甲先行挑选。"

问者听了，恍然大悟。

——所谓的公平不是绝对的，而是相对的，双方都能默认没吃亏就是公平！

◀ 广结善缘

明朝的刘百万富甲一方，且美名远播。一次，他向前来求助的一位商人伸出了援手，没有趁机压价去接手对方的商铺，并且承诺可以赎回。

有人听说了这件事，觉得不可思议，便向刘百万讨教致富的秘诀。

"广结善缘即可！"刘百万稍一沉吟，干脆利落地作了回答。

"如何广结善缘呢？"讨教者追问着，"是不是把钱财借出去，没收回也不计较？"

"不是你说的那回事！"刘百万打了个比方说，"譬如，我出门总不忘带伞，下雨了，自己不怕，还可以帮到没带伞的人。久而久之，即便我忘了带伞也无大碍。其实，只要您对他人友好，一定不会吃亏的，因为他人会有相应或更丰厚的回报！"

——的确，与人为善就是于己方便；广结善缘就是为人处世的成功之道。

◀ 险中求胜

刘凤诰向阴曹地府报到的那天，阎王将他上上下下打量了一番之后，不禁喃喃自语道："果然长得奇丑无比，命运必然会有波折。多亏了他才华横溢，否则又如何能被乾隆皇帝钦点为'独眼探花'呢？"

接着，阎王带着无比好奇的语气问刘凤诰："你是如何做到让乾隆皇帝对你刮目相看的呀？因为在我的感觉中，凭你的条件能充当'探花'一职，委实是一大奇迹！"

"您说得有些道理，不过说来也算是有故事的。"刘凤诰清了清嗓子娓娓道来，"殿试那天，乾隆皇帝嫌我长得丑陋，还是独眼，心里自然鄙夷不屑，只是不露声色而已。后来看了我的档案卷宗，也许觉得我是个有才的书生，便起了怜悯之心给我机会。他出了一联，声明我如能对得好，必然将我留下为官。他的联语是'独眼不能登金榜'，分明是在试探我，也是在揭我的伤疤。不过，这也难不倒我，我就忍气吞声地说出了下联——'半月依旧照乾坤'，我想皇帝自然懂得我的心思。乾隆虽然没说什么，但他意犹未尽，还要继续考验我。于是又出了一联，曰：'东启明，西长庚，南箕北斗，谁是摘星汉？'这显然是进一步在试探我，看我是否有坚持的勇气或志在必得的信心。我为了实现自己的抱负，豁了出去，对出下联——'春牡丹，夏芍药，秋菊冬梅，臣本探花郎。'这下乾隆皇帝似乎心花怒放了，在哈哈大笑。大笑之后，钦赐我'探花'的头衔！"

听了刘凤诰的陈述，阎王笑着说："你算得上是靠实力吃皇家饭的！"

——的确，有缺陷者在成功的道路上往往要比常人经历更多的折腾与磨难，也更有耐人寻味的美好！

◀ **灵蛇报恩**
....

　　宋朝景德年间，江南鸣凤镇落霞村有位叫张原的贫寒书生在路上发现了一条冻僵的蛇，便动了恻隐之心带其回家放入暖室，让它安然无恙地度过了寒冷的冬季。

半年后，张原进京赶考，并一举夺得了探花的头衔，准备衣锦还乡。在荒山祭祖时被一头饿狼给盯上了。在这险象环生之际，曾被张原救下的那条蛇竟然从天而降，出现在他的身旁，与饿狼展开了一场殊死的搏斗。结果，狼遭灵蛇的毒液侵体而毙命。

灵蛇以报恩的方式救了张原。

张原明白了这样一个生活真谛——行善的回报总是特别丰厚的；善待他人其实就是善待自己！

◀ 子路陈由

阴曹地府里，阎王不解地问子路："作为孔子的门生，你最大的优点就是孝顺父母。孝顺父母固然无可厚非，但也得视情况而定。我想，既然你还没有具备行孝的条件，一向都是靠挖吃野菜度日的，为何还要跑到远处的亲戚那儿借米煮饭给你父母吃呢？这也太让你感到为难了吧？"

"作为子女，听到父母很想吃上一顿白米饭，如果连这一点也无法满足他们的要求，岂非做人太过失败了呀？所以，我才不辞辛苦地跑去借米的。尽管有些为难，但只要问心无愧，又何乐而不为之呢？"子路表白着自己的心语。

"那你是否想过到时有还米之事了吗？"阎王追问一句。

"仓促之间顾不了那么多。不过，我想总会有解决办法的。"子路自信地回应道。

阎王听了，露出赞许的笑容。

——即便有再多的困难，也不放弃行孝的机会，毕竟人生会有"树欲静而风不止，子欲养而亲不待"的遗憾存在！

◀ 坦表心语

朱元璋来阎王殿报到的那一天，阎王盯视着问他："你的残暴狠毒是众所周知无法否定的，但奇怪的是也有那么几个说你是有情有义的君王。这究竟是怎么一回事呀？"

"不错，我就是这样的人。为了巩固政权，我不惜大开杀戒，几乎把所有的功臣一网打尽，可谓血腥至极。但一些有恩于我的人，也会得到我的眷顾或回报。比如，我把韩成之母接进皇宫养老，就是因为韩成曾经救过我一命。又比如，我给刘继祖的儿孙赐封官职，使其生活无忧，就是因为刘继祖在我最穷困潦倒的时候送给一处荒坡作为我葬父坟地……"

听着朱元璋直言不讳的表白，阎王紧蹙的眉头也舒展开了。

——对于正视自己且敢于担当之人，我们完全没有理由一味地给予鄙夷或抨击！

◀ 辨木赐匾

明朝时期，永嘉楠溪花坦出了个饱学之士，叫朱墨癯。

有一年，才气横溢的他去京城赴考，专候金榜题名。不料，他的文章写得太棒了，一时被主考官带到家里给遗忘了。事后，被讨问的主考官叮嘱他三年后再来应考，而朱墨癯不屑为之。为了给自己争口气，他决计收名学生考个状元来弥补自己的遗憾。就这样，天资聪颖的王瓒便成了他的得意门生。

后来，王瓒高中榜眼，做了京官。那一年，番邦派人送来一段木头试探明朝有否能人。这下，朝中大臣都面面相觑了，因为他们遇到了一个颇为棘手的难题——番邦送来的可是一段两头大小相等且色泽纹路一样的木头，还扬言中原若有人识得此木何端为顶何端为根者，便永远臣服明朝；否则就要兵戎相见。

正在大家为难的时候，王瓒推荐了自己的老师，说他博学多才，或许能辨识此木的顶与根。皇上喜出望外，降旨宣召朱墨瘴来京解疑。

身负皇命的王瓒见了自己的老师，说明了来意。可朱墨瘴称病不去，只对王瓒说："要辨识此木之顶与根，也很容易啊。把它置于水中，两端必然有一重一轻之分，轻浮的一端为顶，略沉的一端为根。"

王瓒回京后，很快地就把这件事情办妥了，逼得番邦只能信守承诺岁岁进贡。

这次，朱墨瘴立了大功，皇帝当然要封赏他，可朱墨瘴坚辞不受。皇帝不得已，就准备赐封他一块"天下第一"的匾额，朱墨瘴说他自己乃村野凡夫，名实不副。于是，皇帝退而求其次地给他一块"溪山第一"的匾额作为赐封。

——是金子无论在何处都会发光的！

◀ 妄扰真相

阴曹地府里，阎王用钦佩的语气对蔡伦赞赏不已："您为推动人类历史文明的进步做出了不可估量的巨大贡献，彪炳千秋功不可没啊！"

"那为何还有人非要揭露我在品行上的缺陷不可呢？说我巴结权贵残害忠良……这不就把我在人们心目中建立起来的美好形

象给破坏了吗？"蔡伦似乎有些委屈地说。

"这是客观存在的事实，您无法否认！有功则赏，有过则罚，这是公平公正的做法，无可厚非！难道您可以将做过不好的事情都一笔抹杀掉吗？既然那是事实，您为何会害怕被人控诉或还原呢？"阎王有些不悦地责备起来。

"人家的评价惯例几乎都是先抑后扬的，那您为何要独辟蹊径反其道行之？"蔡伦依然纠缠不休！

阎王听了，哭笑不得！

——看来，贪图名望者往往有着恬不知耻的一面！

◀ 己悟学射

纪昌跟飞卫学射……

飞卫说："学射最关键的一环就是要练好眼力！"

"如何才能练好眼力呢？"纪昌迫不及待地请教问题了。

"那该由你自己去琢磨啊！"飞卫提醒道，"正可谓'师傅领进门，修行在自身'。学习的事情就是靠自己的参悟才能掌握要领的。"

得不到具体的指点，纪昌只能靠自己了。

他暗忖道："要练好眼力，先得让眼睛不眨才是，其次就是把眼中之物看大！"

有了解决问题的方向后，纪昌便开始心无旁骛地实践操作了。

他回到家，仰面躺在妻子的织布机底下盯着来回不停的梭子划动，坚持不懈地练习，终于练成了眼睛一眨不眨的本领。

之后，纪昌找来一根牛尾巴将它拴在窗户上，并把捉来的虱子系上，每天盯视。过了一些日子，他竟然把虱子看成磨盘大小了。

这下，飞卫才让他制弓造箭拉射，结果总算大功告成了。

——成功从来都不是一蹴而就的，只有方向对了，才能收获满满！

◀ 庞葱失宠

阴曹地府里，阎王茫然不解地对庞葱说："您陪同魏国的太子到赵国邯郸去做人质，可谓劳苦功高，为何返国后反而再也得不到重用了呢？"

"因为有人不断地在魏王面前诋毁于我啊！"庞葱一脸委屈地回答着。

"您在辞行前不是打过'预防针'了吗？魏王不也知道'三人成虎'的严重性了吗？为何他还有这般糊涂的表现呢？"阎王气愤地说。

"人性的悲哀就在于明察秋毫者总是极为稀缺寥寥无几！"庞葱叹息道。

阎王立时无语了。

——诚然，有一种未雨绸缪的睿智也难以破除世俗偏见的横行！

东施的困惑

◀ 乐羊遭弃

阴曹地府里，阎王直言不讳地问乐羊："据传您为扩大魏国的疆域立下了汗马功劳，为何最终却被魏王所弃用呢？"

"这是我咎由自取的下场啊！"乐羊极为伤感地作出回应。

"此话怎讲？"阎王愈发不解地追问道。

"我曾是中山国的子民，后来投奔魏国。为了表示自己的忠诚，主动请缨率兵攻打故国。不料故国不堪一击节节败退，他们就把我的儿子吊在城楼上要挟我退兵。我不为所动，他们就骂我是冷血动物，还把我的儿子也杀了。我怒不可遏之下，继续指挥军队发起更猛烈的进攻，并一举把中山国给灭了……"乐羊滔滔不绝且恬不知耻地讲述着。

听了乐羊的一席话，阎王不禁皱起眉头，带着鄙夷的语气说："如此看来，您遭冷落是意料之中的事情，不足为怪也。像您这样为了一己之私不惜背叛祖国与亲人的做法，人神共愤，怎能不受唾弃呢？"

阎王的话让乐羊羞愧得无地自容。

——要受人敬重，先得立德；否则，纵使有再多再大的功绩也无济于事！

◀ 徒怀良愿

阴曹地府里，妄图东食西宿的那位古代女子对着阎王喊屈道："我的真实想法为何不能被大众接受呢？东家郎君富裕，但人长得丑，我自然觉得只有食在其家才划算；而西家郎君贫困，但长相俊朗，我自然觉得只有宿在其家才快乐。我的这些想法都没错呀，为何最终都被两家所嫌弃所唾骂无法得偿所愿？您说我冤不冤呢？"

"你的想法固然没错，只是太自私太贪婪了，所以人们都根本接受不了，做人的必须会受道德的力量约束啊！"

妄图东食西宿的那位古代女子立时无语了。

——认识不到客观现实的存在，注定是为人处世的一大悲哀！

◀ 拒娶公主

太虚幻境里，有人对屠牛吐说："据传齐王把自己的女儿许配于你，真可谓是打着灯笼也难找的一件事情啊，更何况还有不菲的嫁妆相送，为何你却拒绝了呢？"

"根据我的经验推测，公主相貌极丑，恕我难以接受。"屠牛吐淡然回答道。

"你又没有见过公主一面，凭什么判断齐王的女儿长得极丑呢？"问者露出一副惊讶的神色。

"凭我卖肉时积累的经验做一番假设的！"屠牛吐自信地说。

"此话怎讲？"问者愈发好奇地追问着。

"我平日里卖出的肉好，顾客自然纷至沓来；而我要卖出的肉有问题时，也就无人问津了。齐王之所以甘愿将其女下嫁，而且奉送丰厚的嫁妆，可以想象得出公主之貌必有瑕疵。否则，他不可能有急于嫁女的行为了！"

问者听罢，不禁佩服地说："有道理！"

事实也果真如此。

——有头脑之人总是能明察秋毫，进而展示出真知灼见来。

◀ 不信之由

阴曹地府里，阎王对讳疾忌医的蔡桓公说："扁鹊的医术那么高超，为何您就不听信他一次呢？"

"这也不能全怪我呀！"蔡桓公鸣屈道，"当有人主动而又直接地告诉你有病时，你的第一反应不就是说自己没病吗？而有人几次三番地跑过来说你的病情越来越严重时，难道您就不会怀疑他的动机所在吗？"

阎王听罢，立时无语了。

——多疑与猜忌往往会使人耳目失聪缺乏判断能力变得昏聩！

◀ 神树遭伐

一个叫张助的人在耕田时拾到了一颗李子核，便取瓜叶包了起来，放进一棵枯桑的树洞忘了带回家去种。后来，张助到外地做官，这颗李子核竟然在枯桑的树洞里扎根抽芽，并长了出来。

桑李同株的怪象让观者们百思不得其解，都认定它是一棵神树。有一患了眼疾的农夫在这棵树下歇息时祷告道："神树啊，您若能保佑我眼睛康复，我必杀猪拜谢，给您供奉香火。"哪知他回家后，眼疾消失了。这下人们奔走相告这棵神树特别灵验。

一时间前来许愿的络绎不绝，连周边的路都被车马堵塞了。

多年后，张助返乡时听说了这件事，便想起当年随手塞在桑树洞里的李子核，笑着讲出了事实，并找人把"神树"砍倒了。从此，再也没有人来求神许愿。

——诚然，面对稀罕之物或怪异迹象，人们难免会被激发好奇，进而变得痴迷沉醉；可一旦了解事实真相，也就会常态相待淡然处之！

◀ 解缙纠偏

阴曹地府里，阎王对解缙说："据传小时候你去应试，你父亲心疼你走路会累，就肩扛你而去，县令看不下去了，便出'子将父做马'的联语讥嘲于你，而你却以'父望子成龙'来回对，赢得县令对你刮目相看，不再刁难于你。有这么一回事吗？"

"我很好奇，你为何非要弄清这件事不可呢？"解缙有些不解地问道。

"我只想找到人之成长的共性规律啊！你后来当上了大官，是否与小时候的出类拔萃的聪颖有着不可分割的紧密联系呢？"阎王和盘托出了自己的想法。

"我觉得您的研究方向不切实际有待商榷。世情纷繁复杂，最好是一把钥匙开一把锁。您应该还记得王安石笔下的《伤仲永》吧？那仲永七岁能诗，不可谓不聪颖，而最终却'泯然于众'。可见人之成长会受各种因素制约，往往难以得偿所愿。彼此间的共性或许存在，然而不同的际遇会让不同的人选择不同的命运走势！以个例推测人之成长共性，显然是不可取的！"

听了解缙的解读，阎王无语了，也不再坚持自己的观点。

——看来，有时候一次偶然的事件也足以让人放弃固有的执念！

◀ 还政之论

阴曹地府里，武三思用怨毒的目光盯视着武则天，龇牙咧嘴地说："姑母呀，我对您很失望。您为何最终还是把江山归还于李家致使我们武家大权旁落受尽重创呢？"

"我的侄儿呀，你得掂量掂量自己。姑母这样做，其实也是迫不得已的。试想一下，若是我的皇位由你来继承，到时你不把我的灵位移出太庙才怪。百年之后，我应该配享的被祭祀权也会说没就没了。于我而言，岂非得不偿失？再说吧，在人心所向的背景下，我又怎敢逆势而为呢？我把江山归还李唐，更重要的是它可以避免更多的流血事件，这才是最理想化的解决问题的方案啊！"

武三思听罢，默然无语了。

——聪明之人总能在关键的时候认清事实，不会因意气用事而自毁形象！

◀ 驭人乏术

宋朝词家李清照在太虚幻境里遇见了汉高祖刘邦。

刘邦带着明显嫉妒的语气颇为不悦地对李清照说："你这刁妇，实在不讨喜啊！为何要写诗歌颂项羽呢？说什么'生当作人杰，死亦为鬼雄。至今思项羽，不肯过江东'。好像只有他项羽很有骨气一样，这不是明摆着跟我过不去吗？他项羽若是有真能耐大本领，怎么会成为我的手下败将而自刎乌江呢？都说成王败寇的，你应该写诗歌颂我才对呀，识时务者为俊杰嘛！"

"我为何要写诗歌颂于你呢？"李清照一脸鄙夷地回答，"你以成王败寇的潜规则来胁迫我，难道我就会屈从于你的安排吗？别痴心妄想了。你不了解我当时写诗的心境，却横加指责，这不有仗势欺人之嫌吗？我之所以写诗歌颂项羽，就是冲着他有铮铮傲骨，不愧是血性男儿！我呼吁人们学习他做一位顶天立地有担当的英雄，有啥错误呢？至于你，我不想说。你连我的心思都猜不透，又有什么资格对我冷嘲热讽呢？"

素以驭人有术之誉的刘邦听了，羞惭得无地自容。

——诚然，无理取闹者注定会以自讨尴尬而收场；以势未必屈人，有理才能服人。

◀ 项橐问疑

项橐不悦地问阎王：："连孔子也要拜我为师，我自信并不逊色于他。为何孔子能载入史册而我却无法享受这样的待遇呢？"

"你有弟子三千吗？你有门下七十二贤人吗？"阎王连着发问后，挪揄道，"孔子之所以能载入史册，因为他是大教育家啊，对推动历史的发展与社会的进步有着不可估量的作用！而你呢？充其量只不过是一名神童罢了，虽然头脑聪明，但对社会的贡献是极为有限的，自然无法与孔子相提并论同日而语了！"

听了阎王头头是道的阐释，项橐不由得低下了原本高昂着的头，羞惭得满脸绯红。

——狂妄自大，注定会自取其辱！

◀ 不屈己心

阎王不解地问刘禅："刘关张桃园三结义是妇孺皆知的故事，也见证了你们父辈感人至深的情谊。作为晚辈的你为何先后只娶张飞的两个女儿立之为后，而不给关羽的女儿留一席之位呢？"

"这有啥奇怪？"刘禅脱口而出地回应道，"一者是窈窕淑女君子好逑也，关羽之女不如张飞之女美貌动人；再者我既然无法驾驭不爱红妆爱武装的关银屏，自然只能弃之而不顾了。"

阎王一听，似有所悟了。

——凭心可随不屈己意，才是最明智的选择最稳妥的做法！

◀ 李贺诉屈

"男儿何不带吴钩，收取关山五十州？请君暂上凌烟阁，若个书生万户侯？"从这首连续发问的豪迈诗作里，我们不难看出唐朝诗人李贺是不甘于仅作文弱书生的人。

阴曹地府里，李贺委屈地对阎王说："我渴望建功立业，然而壮志未酬，您为何不大发慈悲，追延我的寿期，以至于让我在这世上只活了短暂的27个年头呢？"

"你与才华横溢的写出'海内存知己，天涯若比邻'和'落霞与孤鹜齐飞，秋水共长天一色'的王勃一作比较，不也赚到了吗？再与后世的海子、济慈、金子美铃等蜚声中外的诗人一比，也同样算是赚到了啊！"阎王语气肯定地作了回答。

李贺思忖着阎王的话，立时缄默其口了，因为阎王口中的同样有才气的王勃、海子、济慈和金子美铃都比他还缺命短寿呢！

——诚然，互作比较不全然是伤害或遗憾，也有慰藉与释然！

◀ 互表敬慕

元王冕的《墨梅》、明于谦的《石灰吟》和清郑燮的《竹石》被编者选发在"咏物言志诗"同一页的版块里，就这样三个不同朝代里的人发生了隐形交集。

郑燮以敬慕的口吻对王冕与于谦说："拜读两位前辈的大作，晚生由衷佩服。'不要人夸好颜色，只留清气满乾坤'与'粉骨碎身浑不怕，要留清白在人间'是何等的震撼人心！我能从这些脍炙人口的诗句里感受到您们高洁的品行啊！"

"其实，后生更可畏也！"王冕与于谦不约而同地作出回应，"我们能从'千磨万击还坚劲，任尔东西南北风'里深刻地体会到您的刚正耿直呢……"

——诚然，窥一斑见全豹；大写的人生总是有不一样的跨度！

◀ 流于浅解

阎王问萧统："你被后世人誉为'最美太子'，是不是因为颜值高所带来的一种效应呢？"

"论美貌，我根本比不上兰陵王。何况，我也觉得唯貌是取未免太不靠谱了吧！"萧统非常肯定地给予回答。

"如果你不是靠颜值高而获得'最美太子'的称号，那会是什么呢？"阎王不解地追问道。

"许是冲着我有《昭明文选》的编辑功劳吧。那才是一笔对后世产生极大影响的精神财富啊！"萧统的眉宇间流露出自豪的神情。

阎王听了，忽有所悟。

——自以为是地对面临问题进行臆测，往往会使人陷入浅层解读的泥淖！

◀ 追解根由

宋仁宗还没当皇帝之前，以"父望子成龙"应对县官的"子骑父作马"的神童蔡伯希与晏殊都是他的老师，而宋仁宗上位后，只封晏殊为相，却没有提拔重用蔡伯希，这让蔡伯希感到极为尴尬难堪。

为此，蔡伯希委屈万分地问宋仁宗："微臣与晏殊曾一起服侍过当时还是太子的您，而您上位后，为何只眷顾于晏殊却不愿让微臣也多沾光彩呢？"

"因为晏相国为人忠厚，做事讲究原则……"宋仁宗解释道。

"可那时微臣为太子比晏殊付出更多啊！陛下难道忘得一干二净了吗？"蔡伯希的语气里流露出一丝酸涩。

"朕哪敢忘却？为了应付父皇检查学业，恩师您不惜越俎代庖，而晏相国总是袖手旁观！可朕至今思来，觉得您的做法甚是不妥，那不是在济困化窘，而是陷吾于自甘庸凡也！"

蔡伯希一听，忽有所悟，且羞愧得低下了头！

——人总是在成长的过程中学会反省判决是非。

◀ 迂夫作诗

某迂夫听到时人盛赞龚自珍的"落红不是无情物，化作春泥更护花"的诗句，一时心血来潮，也就仿写起来。

他拿着"落叶不是无情物，化作春泥更护树"的诗句向龚自珍请教道："我是不是也有写诗的天赋呢？"

龚自珍看了看他的诗作后，笑着回答："字通句顺的，应该没问题吧！"

为了证明自己也会写诗，迂夫暗自得意却又故作谦虚地向另一位诗人请教道："您看看这诗作有无瑕疵呢？"

那诗人看了迂夫的诗作，睁大了眼睛，露出不屑的讥诮口吻曰："你以为写诗是一件很容易的事吗？我老实告诉你吧，那可不是轻松的活儿，要讲究平仄押韵的。而你的诗作是拙劣的模仿，贻笑大方啊！"

迂夫听罢，羞得连脖根都红了。

——没有实力偏要显摆，往往会自取其辱；狂妄与愚蠢的结合，注定要沦为笑话！

◆ 迂夫评诗

后来成为北宋名相的寇准在他7岁时曾写过一首《咏华山》的五言诗——"只有天在上，更无山与齐。举头红日近，回首白云低。"短短四句，把华山的壮观气派写得一览无余。色彩之缤纷，景观之奇丽，令人叹为观止，因而他成了一位知名度颇高的神童。

有一迂夫听说此事，便不假思索地张口评议道："这诗除了用夸张的修辞手法写出了华山的高峻之外，别无出彩之处啊，值得广为传诵吗？凭什么又誉之为'神童'呢？"

"如果您仔细地品味它，我想一定不会得出这样有失偏颇的结论了。"一旁听者提醒道。

"什么？你认为我说得没道理！"迂夫带着吃惊的语气反问道。

"难道您没发现诗作者在语言方面有无与伦比的爆发力吗？"旁听者予以回应，"他以'只有'与'更无'的表述凸显了华山的高拔，再以'举头'与'回首'两个动作把自己征服华山的自豪感与成就感淋漓尽致地表达出来。像这样情景交融、寓理于事的精妙之作说成是'别无出彩之处'岂不有失公允？再说了，一个7岁的孩子能写出如此气势磅礴深刻隽永且脍炙人口的好诗，誉之为'神童'又有啥过分的呢？"

旁听者的一席话让迂夫陷入了沉思。

他忽有所悟地慨叹道："浅尝辄止蜻蜓点水的做法是很难说服于人的，不是吗？"

◀ 也见温情

世人几乎都公认朱元璋是个残暴的皇帝，殊不知他也有温情的一面。

在与陈友谅、张士诚之争中，为了让朱元璋能安然躲过劫难，卫士韩成挺身而出，牺牲了自己，保全了朱元璋。立国后，朱元璋给有功者进行封赏，而恰恰忘了已逝之人韩成。

一次，朱元璋外出巡视时，遇到了韩成之母。韩成之母拦住御驾，指责朱元璋忘恩负义。朱元璋询问其故，才知自己的失误，惭愧地对韩成之母说："我会补偿的！"

就这样，韩成之母被接进皇宫养老。嗣后，朱元璋又特地补办了给已逝功臣韩成的封赏。

——残暴者也有温情的一面，没有绝对丑恶的人性，只有相对评判的说法。

◀ 警示后学

李煜与乾隆都是"知名度"很高的皇帝，一个把词写得很棒，一个将诗做得很烂。他们穿越时空的隧道相遇了。

一见到李煜，假惺惺的乾隆佯装出迫不及待的样子向南唐后主讨教写作秘诀。李煜脱口而出地回应道："去无病呻吟，抒真情实感！"

乾隆一听，顿时脸红了，窘得低下了高昂着的头颅。

——因为，虚伪是做人与为文之大忌！

◀ 海瑞诉苦

阴曹地府里，阎王不悦地对海瑞说："虽然您做人正直，为官清廉，被百姓誉为'青天'，值得称道，但在生活作风上显然是有缺陷的。据说您一生娶过不少的老婆呢……"

"您得听我解释啊！"海瑞叫屈道，"都怪我一心要做孝子，不敢违抗母命，在娶媳妇这件事上缺乏主见。只要母亲不中意的，便将其休离，所以娶过媳妇可谓不少，德之有亏，从而留下诟名，实在觉得惭愧呐！"

"原来您是迫不得已而为之，多可怜啊！"阎王嗟叹道："这就是甘做孝子的悲哀也！"

海瑞无语以对。

——有时候，人性的光辉会被道德的力量所捆绑，乃至无情掐灭。

◀ 诗泄心语

五代时的永州有一诗僧叫乾康，他听说当地有一告老还乡的大官也喜欢吟诗，便去拜见。

那大官见诗僧衣衫褴褛，忍不住皱起眉头鄙夷地说："既然你会写诗，那就即兴创作一首吧，不要辜负了眼前的化雪美景！"

诗僧听罢，二话不说，就提起笔来唰唰唰地写下了《残雪》一诗："六出奇花已住开，郡城相次见楼台。时人莫把和泥看，一片飞从天上来。"

大官一见，不由得暗吃一惊，不仅惭愧不已，而且也敬佩不已，进而还鞠躬表谢。因为诗僧的诗作里讽刺了大官以貌取人的做派，让他明白自身的卑微。

——看来，深藏不露的东西往往才是最珍贵的！

◀ 邹烛获赦

由于晏婴的介入，齐景公审理的"邹烛渎职案"便发生了根本性的变化——邹烛最终被无罪释放！

原来邹烛负责管理的珍禽不知怎么丢失了，齐景公怒不可遏地命令武士将之拉出去斩首。晏婴匆匆赶了过来，对齐景公说："我能让邹烛心服口服地认错领罪！"接着，晏婴便列出了邹烛的三宗罪状：大王让他看管禽鸟，他却让禽鸟飞走了，此乃失职行为，是第一宗罪状；大王乃仁慈之君，他却让大王为禽鸟而杀人，是他的第二大罪状；此事若传了出去，各诸侯国势必会议论大王重禽鸟而轻人命，他玷污了大王的好名声，是最不容恕的第三大罪状……

听了晏婴喋喋不休的一席话，齐景公深感内疚。因此，邹烛获得了出乎意料的赦免。

邹烛有感于晏婴的出手相救，满怀感激地说："多亏晏相国仗义执言，否则小人性命难保啊！"

"难道你不觉得我的以退为进的计谋也有可能会给你带来更大的灾劫吗？"晏婴回答道，"当时不是有很多大臣都在指责我火上添油的吗？"

"可事实上的确是您救了我呀！"

"看来你是明白我苦衷的。"晏婴欣慰地笑了。

——诚然，只有不被表象所蒙蔽，才能看透事物的核心或本质！

◀ 贤后刨根

阴曹地府里，阎王讶然不解地对朱元璋的贤后马大脚说："史称您为明朝第一贤后，可见您的名声在外，鄙人也甚是佩服。只是我有一事不明，故而讨教。据我所知，历朝历代的帝后能有真爱者总是寥寥无几。然而，您与朱元璋之间不仅有真爱的存在，而且成为有口皆碑的典例模范，您是怎么做到的呀？世人皆知您的丈夫朱元璋冷酷无情残暴无比，为何对您一向是那么温柔亲切呢？真让人觉得匪夷所思啊！"

"因为我与他是患难与共的夫妻！"马大脚立时陷入回忆之中，并朗声回答道，"您也应该知道，我的丈夫出身贫贱，曾一度为丐，难免心存自卑。作为妻子的我怎能置身事外，不给予更多的关切与抚慰？为了他，我可是吃了不少的苦。或许您该听说过我那焦胸送饼的事件吧。那是我对他真爱的流露。单凭这一事件，就让他觉得必须对我有割舍不了的牵挂与眷恋，甚至使他对我产生依赖与敬畏的情愫。所以，每当他动杀机要向大臣开刀时，才会听进我的劝诫止息恶念！"

"听您这么一讲，我总算明白他对您一往情深的根由了。难怪您一离世，他会悲痛欲绝，再也不立继后，这可是许多皇帝都做不到的事情啊。您的付出的确太值得了！"

马大脚扑哧一笑，而双眸湿润泪盈于睫。

——的确，善良能唤醒善良，真情能换回真情！

◀ 良箴渡人

穿越时空隧道，晚清第一名臣曾国藩见到了北宋名相寇准，说："前辈的《六悔铭》写得句句在理，耐人寻味。晚生读了，真是受益匪浅啊。故而对其推崇备至，将之奉为经典，时刻用于自省。"

言毕，曾国藩禁不住吟诵起来："官行私曲，失时悔。富不俭用，贫时悔。艺不少学，过时悔。见事不学，用时悔。醉发狂言，醒时悔。安不将息，病时悔。"

听着曾国藩的一番出自肺腑的告白与抑扬顿挫的吟诵声，寇准回应道："承蒙谬奖，愧不敢当！阁下素有'晚清第一名臣'之誉，写的文章更是光焰万丈，留下了许多警句名言，诸如'功不独居，过不推诿''惟正己可以化人，惟尽己可以服人''轻财足以聚人，律己足以服人，量宽足以得人，身先足以率人'等。老朽对此只有敬畏，岂敢托大？"

"前辈无需自谦，您的传世奇文短短6句，42字，却说尽了人生六大悔事，浓缩便是精华，您的精辟深刻，哪是晚生可以同日而语的呀？"曾国藩露出一脸歆羡之色，追问着，"不知前辈是如何写出来的呢？"

"那是老朽生活经验的积淀。略作思忖，便一挥而就了。当然，人生在世，岂止六悔而已？老朽是择其习以为常或惯遇之事者而有触感而发也，旨在给后世人以警醒！"寇准分享了自己的写作心得。

听了寇准的一席话，曾国藩颇有同感地说："前辈的见解与晚生不谋而合！"

——有思想抵达的地方永远不会孤寂僵冷！

◀ 名家论文

《卖炭翁》和《卖油翁》都是文学史上脍炙人口的名篇，前者是唐朝白居易写的诗，而后者是北宋欧阳修写的散文。

穿越时空的隧道，欧阳修见到了白居易，仰慕地说："前辈的《卖炭翁》写得棒极了，入木三分地刻画了卖炭翁的悲惨遭遇，读了令人唏嘘不已。"

"您的《卖油翁》写得跌宕起伏，用故事揭示了一个深刻的道理，让我深刻难忘。"白居易也发表了自己的见解。

"那我们的作品都无瑕疵可言了吗？"欧阳修好奇地问。

"我觉得我的作品比您的更胜一筹。因为我懂得感乎心者莫过于情，所以诗里充溢着浓浓的情感，这比您专以叙述见长的写作而更具挑战性或有难度啊！"白居易自负地说。

"您的观点我不敢苟同。写文章无论是抒情或叙事，都是有讲究技法的，您与我是各有优劣平分秋色罢了！"欧阳修解释道。

白居易一听，哑然不知所对。

——诚然，以偏概全的做法是很难有说服力的！

◀ 贫僧受教

蜀之鄙有二僧，其一贫，其一富。贫者语（yù）于富者曰："吾欲之南海，何如？"富者曰："子何恃而往？"曰："吾一瓶一钵（bō）足矣。"富者曰："吾数年来欲买舟而下，犹未能也。子何恃而往？"越明年，贫者自南海还，以告富者。富者有惭色。

《蜀鄙二僧》是清朝文学家彭端淑的名篇，由于故事性强，思想深刻，饱含哲理，兼具教育功能，因而被选入了初中课本加以传播。

文中的富僧因被曝其丑态而对此很是不满，毕竟被嘲弄的滋味是不好受的。可想不到的是贫僧同样有意见："既然是在宣扬我的智慧与能力，为何非要将我的身份公之于众不可呢？"

"因为，只有借助于对比，才能凸显出您的智慧与能力啊！"彭端淑的观点总算让贫僧心悦诚服地接受了。

——许多时候，人们总是因爱面子而忘了现实生活中的客观存在！

◀ 坦表心迹

太虚幻境里，太虚君不解地问死有哀荣的于谦："作为彪炳千秋的民族英雄，您的荣耀究竟来自千古传唱的《石灰吟》，还是得益于您牺牲自己为大明朝延期续命200余年这一事实呢？"

太虚君问罢，随后又朗声吟诵起《石灰吟》里的诗句："千锤万凿出深山，烈火焚烧若等闲。粉骨碎身全不怕，要留清白在人间。"话音一落，竟意犹未尽地赞叹道："这真是一首充满正能量的诗作啊！"

听着太虚君的赞美之词，于谦沉吟半晌后，猛然抬起了头，说："您的问题实在让我难以干脆回答。如果我把后者认作答案，您或许会很快同意我的看法。不过，我觉得没有这样简单。"

"此话怎讲？"太虚君愈发好奇了。

"我之所以冒着杀头危险也要为稳固社稷另立君王来驱逐外邦势力，就是因为我有顾全大局的意识与坚守原则的执行力——总是一腔热血心系国运啊！《石灰吟》的诗作不正是对我铁肩担道义的一种最好的诠释或曰一个最有说服力的注脚吗？"

"这样看来，您被冤杀后冷血的刽子手为您羞愧自刎，狠毒的锦衣卫为您落泪，甚至惊动养尊处优的皇太后为您数日绝食，还有后继皇帝含疚为您昭雪平反，也就不足为奇了！"太虚君不禁向于谦投出了钦佩的目光。

——公道自在人心，有功者有可能会一时遭受着不公平的待遇，但注定不是永久地会被忽略不计的！

◀ 冯道之辩

五代时期的冯道曾写过一首《天道》的诗："穷达皆由命，何劳发叹声。但知行好事，莫要问前程。冬去冰须泮，春来草自生。请君观此理，天道甚分明。"其中的"但知行好事，莫要问前程"饱含哲理，为后世人所共鸣，因此也就成了处世之道的名言警句而千古流传。

阴曹地府里，阎王以不屑的口气对冯道说："你是欧阳修司马光这些历史名人口中的不轨之徒，为何竟也有人会为你打抱不平呢？"

"也许是您所谓的那些历史名人对我不够了解而产生的一种误会吧？"冯道一针见血地回答道，"毕竟我的为人也有可圈可点之处呀！"

"你从天佑年间被幽州节度使刘守光辟为掾属后，在短短的五代十国几十载内，历任了四代十朝的宰辅官职，被时人称为'不倒翁'。这应该是他们都有所了解的史实啊！"

"然而，他们未必知道发生在我身上的一些事情。比如，在梁晋对峙时，后唐庄宗怒不可遏下令撤换郭崇韬另择主帅，是我徐徐进言，令庄宗幡然醒悟的；明宗时，面对明宗放纵享乐，我也斗胆给予讽喻并谏诫；此后，我又不顾自身安危出使契丹，为国纾难……几十载身处高位，我总是务实处之，提携贤良，接济民众。种种事实表明，我为官是称职的，实至名归的。这可不是我自诩的！翻阅史册，就能找到答案嘛！"

阎王一听，不由得窘态毕露了。

——有些真相总是被掩埋在历史的尘埃中而遭受着忽视！

◀ 决然之选

太虚幻境里，太虚君羡慕地对王安石说："您是一个千载难遇的奇才。不仅在诗坛上有着举足轻重的影响力，而且在政治生涯中留下了一个有口皆碑的变法史鉴。如果只能两选一的话，您会更侧重于哪一选项呢？"

"自然会以后者为荣啊！"王安石不假思索地脱口而出道。

"为什么？"太虚君显然有些不理解，好奇地追问着，"您在政治生涯里的变法事件随着时过境迁不是早已湮没在历史的烟尘里再也无法展示了吗？而您在诗坛上的影响力依然存在——毕竟您的《元日》《梅花》《泊船瓜洲》之类的诗作脍炙人口千古流传的，您给后世人留下了一笔多么了不起的精神财富呢！难道您没掂量过两者孰轻孰重的吗？"

"那只是我始料未及的意外收获罢了。而我在政治生涯里的变法事件则能给天下黎民百姓带来切切实实的看得见摸得着的福利，这才是我生前主攻的方向或曰追求的目标所在！"

太虚君听了，无语以驳。

——诚然，一个坚守原则的人，并不因额外的赞誉殊荣而去改变初心原衷！

◀ 综述奇运

疑窦丛生的阎王不解地问包拯："据说您在官场上得罪了为数不少的权贵，居然能在26年间升迁25次，真可谓是匪夷所思的奇迹啊！请问您是怎么做到的呢？"

"这全然得益于我有深广的人脉资源！"包拯不无自豪地回答。

"何来的那么深广的人脉资源呢？"阎王愈发好奇地追询道，"莫不是攀龙附凤了？"

"实话实说，我最大的人脉资源就是获得皇帝的信任与器重。而能获得皇帝的信任与器重离不开诸多因素。我是个官二代，既有世交的提携，又有同僚的援助……"

阎王没等他继续说下去，便若有所思地打断了包拯的阐释，说："哦，原来如此。怪不得您能历经风雨飘摇而屹立不倒。"

"话虽如此，不过我仔细想来，还有更深层的根由。"包拯意犹未尽地补充道，"我能在26年间升迁25次，最大的动因则在于自身的威望——铁面无私坚守原则的品质和刚直不阿疾恶如仇的性情支撑着我赢得了广大群众的拥护与爱戴。"

阎王听罢，深以为然地点了点头。

——夯实根基顺势而昌，这永远是拓展生存之道的铁律或真谛！

◀ 始皇答询

阴森森的地府里，阎王不解地问气宇轩昂的秦始皇："据说，科考人员从骊山周边摘下的一些石榴果实中检测到大量水银元素，从而推断您的陵墓里浇注着大量的水银。难道您不明白这一含毒物质会损伤人的肝脏肺腑吗？"

"可它保障了我的陵墓无法被盗掘，不也是事实吗？最为关键的一点就是我的陵墓为后世人提供了一笔取之不尽的科考财富。"秦始皇自豪地回答。

阎王似有所悟了。

——利与弊总是相互依存，难以割离的！

孔子不惭

阎王茫然不解而又惊讶万分地对孔子说："您应该还记得两小儿辩日的事情吧？在那场难忘的经历中，您所扮演的是一个多么窝囊的角色，我也替您感到羞惭啊！"

"您怎么可以如此评述于我呢？"孔子不以为然地回答，"我一向崇尚求真务实的做事态度，奉行'知之为知之，不知为不知，是知也'的处世原则，这也有错吗？"

听了孔子的反驳，阎王立时陷入了沉思。

——专以世俗的目光看待问题，显然有失偏颇，是不可取的！

一屋不扫

有人劝陈蕃："男儿志在四海。扫地乃女人干的活，您何必掺和进来呢？"

"此话差矣！"陈蕃正色道，"一屋不扫，何以扫天下也？！"

劝者立时无语。

——诚然，不践行芥末之小事，必难成就惊世之大气候！

刘禅诉惑

阴曹地府里，刘禅惑然不解地问阎王："您为何对我这个在世人眼里没有骨气没有男儿血性的乐不思蜀的亡国之君动有恻隐之心，迟迟不派黑白无常拘押呢？"

阎王听了，莞尔一笑道："都说'识时务者为俊杰'，你就是识时务的俊杰。你的心里装着黎民百姓，又能以随机应变的策略保全自己的性命。我有啥理由不让你寿终正寝呀？"

刘禅无语了。

——不钻牛角尖，天地自然宽。

◀ 仲永怪论

王安石写了一篇《伤仲永》杂论，让仲永丢尽了脸面，仲永苦恼之余，决计报复。

在阴曹地府里的仲永按捺不住浮躁的心灵向阎王告了王安石一状。

阎王看了诉状后，说："王安石将自己对你的了解过程如实记录下来，警示后人引以为戒，何罪之有？"

"大人有此想法，真是大错特错矣！"仲永直言不讳地回答道，"他这样做，一是严重侵犯了我的个人隐私权，二则宣扬了神童无用论，居心叵测……"

阎王听了，哭笑不得。

——没有阳光的心态，极易会走向歪门邪道！

◀ 王勃求寿

阴曹地府里，王勃责问阎王："您为何让乾隆寿过八十，而只让我活了二十多岁就得来找你报到的呢？如果让我也寿过八十，我一定能够写出更多脍炙人口流播于世的诗作啊！"

阎王不以为然地作了反驳："难道您没听说过'江郎才尽'这一成语吗？寿命长并不代表就有大作为也！再说寿者乾隆吧，年纪活得越大，写的诗作不也越平庸吗？"

王勃无语了。

——人性的悲哀就在于从追求完美中迷失自我！

◀ 被嫌溯由

太虚幻境里，《金瓶梅》的作者兰陵笑笑生遇上了《红楼梦》的作者曹雪芹，便抱怨开了："同样写男女情事，为何你写的东西被誉为'社会百科全书'而家喻户晓，可我写的则被打入冷宫，甚至一度被列为禁书而遭尘封？这是为什么呢？"

"我是以男女情事为线索展开铺排来揭露了封建社会制度的丑恶与腐败而大快众心；而你是纯粹借男女情事渲染不堪入目的淫秽污浊，引得读者想入非非，虽然也揭露了社会的黑暗，但价值取向不太明显，因而格调高下不言而喻。"

兰陵笑笑生听罢，默然了。

——缺乏思想的深度自然也就造就不了作品的高度！

◀ 才竭怪笔

阴曹地府里，江淹向阎王倾诉着自己的不幸："要不是我的那支生花妙笔被收走了，我写出的文章一定可以像左思一样出现洛阳纸贵的状况。"

阎王听了，不以为然地回答："你之所以再也无法写出华章佳作，这与你被收走的那支生花妙笔无关，其实是因为你的官越做越大，导致你写作懒得动脑思考，从而使写出来的东西不是无病呻吟就是索然寡味，结果自然成了读者的诟病！"

江淹一听，立时无语了。

——总要找个漂亮的借口，往往是失败者根除不了的一大通病！

◀ 晋升无望

阴曹地府里，诸葛亮笑容可掬地问阎王："依我响亮的名声与不俗的实绩评个高级，应该没啥问题吧？"

"想得美！要学历文凭没学历文凭，要学术专著没学术专著……居然还惦记着晋升涨薪呢！"阎王不屑地回答道。

"我的《隆中对》与《出师表》不都是很有名的吗？"诸葛亮压低声音在试探着。

"请问你那些有名的东西被权威机构鉴定过了吗？"阎王有些不耐烦了。

诸葛亮一听，沮丧地低下了头。

——囿于框框的制度，再有实力者也只能慨叹着英雄无用武之地！

◀ 曹操释惑

曹操问罗贯中："你为何不像陈寿一样客观地描述我的事迹，却要把我塑造成一代枭雄而误导后人？"

"既然我要褒蜀扬刘，"罗贯中说，"就只能委屈于你贬损于你喽！"

"看来，你不失为一个爽快之人，我就不跟你计较那么多了。"曹操的脸上露出欣慰的笑容！

——诚然，沟通或交涉往往能消除距离造成的隔阂！

◀ 刘备遭唾

阴曹地府里，阎王问刘备："在曹操煮酒论英雄的一幕场景里，你为何要扮演那个被雷声惊吓的懦弱角色呢？"

"如果我不这样做，能躲得过曹操锐利的目光吗？又如何解除他对我的戒备之心呢？"刘备直言不讳地做了回答。

"看来，你不仅是一个伪善者，还是一名懦夫！"阎王讥讽道。

"不对！"刘备辩解道，"我这是保全自身的权宜之计！"

——诚然，聪明有时候注定要与狡诈画上等号的！

◀ 王维谈诗

在太虚幻境里，一位写诗爱好者见到了素有"诗佛"之誉的王维，羡慕地说："您在唐朝诗坛上的地位有目共睹有口皆碑，《唐诗三百首》里竟然选入您的29首佳作，每首都脍炙人口，它们几乎占用了十分之一的份额，您是多么了不起啊！请问您是怎么做到的呢？"

王维听了，说："宋朝的苏轼曾这样评价我的诗画，曰'诗中有画，画中有诗'，这得益于我写的诗有画面感，笔触生动传神，事物形象栩栩如生呼之欲出。这无疑与我有着深切的生活经验积淀有关。换言之，诗人就得拥抱生活。此外，写诗还需要选择有正能量的东西，比如，我写的《山居秋暝》一诗里的两句——'竹喧归浣女，莲动下渔舟'，它是对乡村人们勤劳的歌颂，贴近生活。总而言之，写诗要投入热烈的情感。唯有如此，你才会细致地观察事物，拥抱火热的生活，进而迸发出思维的火花，水到渠成地融入对美学的情趣与追求，成为有造诣的写诗高手。"

听了王维的一席话，写诗爱好者犹如醍醐灌顶，犹如拨云见日，豁然开朗恍然大悟了。

——成功之道大多在于有自己的主见与方向，并奋力地去践行！

◀ 死结可解

据说，古波斯的戈蒂亚斯王系了一个结。他扬言谁能解开此结，便有能力统治整个小亚细亚。遗憾的是当时有不少人争着尝试，都以失败告终。

若干年后，它被亚历山大大帝的一把佩剑砍成两截，从而彻底解决了一个遗留下来的难题。原来亚历山大大帝认为，既然是死结，就只能用挥剑斩断的办法得以解决。

——突破习惯性的思维往往能出奇制胜；不被习惯思维所约束，不被表面现象所迷惑，就能快速有效地走向成功之道。

◀ 秦桧表功

阴曹地府里，秦桧恬不知耻地对阎王说："如果不是我以'莫须有'的罪名陷害于岳飞使其屈死'风波亭'，岳飞肯定没有现今这般出名，对吧？所以，您应该对我刮目相看才是！可事实呢……"

阎王听了，哭笑不得："看来，'久入鲍肆，不闻其臭'说的就是像你这样一类的货色！"

秦桧一时间没加琢磨，竟喜形于色道："那您应该给我颁发赦免令，免掉我将被打下十八层炼狱的苦役惩罚，是吧？"

"你想得美！若是我免除了对你的惩罚，我又以何承受'铁面无私'之誉？"

秦桧立时面如土灰，讶然不知所措了。

——做人的最大悲哀莫过于昧着良心办事却又想着能获青睐之享！

◀ 张衡揭岫

有人问张衡："您从一个数星星的孩子变成了不起的科学工作者，最先发明了监测地震的仪器，进而留名史册，彪炳千秋，应该有许多经验值得与大家分享吧？"

"你的想法没错！"张衡答曰，"我确实有些经验值得分享。在探索科学的道路上，只有善于观察谙于思考精于钻研敢于实践之人，才能有所出息有所作为，且有益于人有益于世。"

问者一听，立时彻悟。

——没有春之播种，就没有秋之收获；要造就惊世之伟业，就得有辛勤之付出！

◀ 杨广诉屈

阎王声色俱厉地谴责杨广："你贵为皇帝，不思治国，只图享乐。开凿的京杭大运河简直是一项劳民伤财的工程，难怪会口碑不佳臭名昭著！"

"您不可以下此恶咒！"杨广叫屈道，"如果当您看到水光潋滟的运河之上千帆竞发百舸争流时，您一定会改变这一偏执想法的。我不遗余力地下旨开发京杭大运河，其实也是一项造福于后世的伟大工程啊！我敢说，它对历史的贡献是无法估量的……"

阎王一听，立时缄默无语了。

——只有客观公正一分为二地评价事物，才能让人心悦诚服欣然接受。

◀ 苏曹论文

穿越时空的隧道，苏轼见到了曹植，说："您的《七步诗》与我的《水调歌头》都是文学史上熠熠生辉之作。孰优孰劣，委实也难以评判。但我总觉得我要比您显得自豪多了！"

"说到这一点，我并不否认！"曹植脱口而出，"虽说您与我的作品都是客观反映生活的产物，然而您写的是兄弟情深的挂念，而我的是胞兄逼弟的残酷现实……由此，我只有悲苦与无助，又哪来的自豪呢？"

"其实，您也不用内疚，毕竟您生活的环境与我的大相径庭。如若您不是生活在帝王之家，就也没有'本是同根生，相煎何太急'的喟叹了，更何况错不在您啊！"

苏轼的安慰让曹植舒缓了一口气，随即欢吟道："'但愿人长久，千里共婵娟'这是多妙的境况啊！"

看着曹植迷醉向往的神情，苏轼不由得陷入了沉寂。

——人世间最美的境界莫过于彼此相融不弃互动情思。

◀ 邓通禀屈

阴曹地府里，汉文帝见到了邓通，惊讶地说："感念爱卿在梦中托举朕飞升，且素来忠诚可嘉。朕不听相士之语，特地赐爱卿以铜山，并准许铸钱私用，殊不料爱卿最终还是被活活给饿死了，命中注定不能不信啊！"

"陛下宠信，微臣铭记于心，时刻不忘。然而溯微臣之惨败收场，陛下也该担责一二！"邓通鸣屈道，"若不是微臣得罪于景帝，何至于沦落到被饿死的境地！"

"太子一向仁厚，怎会为难爱卿呢？"汉文帝不解地问。

"难道陛下忘了重病时微臣的所为表现吗？"邓通一脸忧戚地说，"微臣给陛下吮毒，陛下若不借此为难于景帝，微臣也不至于后来被下旨判罪！"

"朕听闻爱卿是因为在塞外铸钱事发才被拘囿的。"汉文帝纠正道。

"那只是由头而已！"

汉文帝立时无语了。

——得罪权势或有地位者，等同于跟自己过不去！

◀ 慈禧诉疑

提起"可怜天下父母心"的诗句，几乎所有人都能张口就来，流播之广可见一斑。然而，很少有人知其出处。为此，作者慈禧感到很是不平，毕竟她觉得这是一桩有失体面的案例。

于是，身在阴曹地府里的她用手指着阎王的鼻子气愤地责问道："为何刘备的'勿以善小而不为，勿以恶小而为之'的话能成为格言而妇孺皆知，而我写的'可怜天下父母心'的诗句虽被到处传诵着，却不记得它乃出自我手呢？"

"这不是无理取闹吗？"阎王显然有些不悦了，"世人不记得'可怜天下父母心'是你写的诗句，应该再正常不过的一件事情了！你怎么可以因此而迁怒于我呢？扪心自问，你无端指责于我的做法不是很可笑的吗？说白了，你其实就是一个有着严重人格分裂症的疯子！你祸国殃民，竟敢冒天下之大不韪地克扣军饷为自己风光办理着六十大寿，这与你先前一时冲动地为过六十大寿的母亲写诗感怀的做法，不是形成了鲜明的对比了吗？你后狠先慈，由善变恶，难道你还要指望人们对你不打折扣地敬重么？"

阎王的一席话让慈禧意识到自己的晚节不保，便默然无语了。

——确立他人对你的评价态度，往往取决于你自身的惯有表现。

◀ 盗亦有道

在阴森幽暗的地府里，阎王怒不可遏地谴责巨贪和珅："你这坏家伙，一生敛财无数腐化成习，严重地败坏了社会风气，不严惩难以泄民愤。我今判你将下十八层地狱，你还有何话可说呢？"

"我不服！"和珅大声抗议道，"其实，我做人还是有底线有原则的呀！"

"你有底线有原则？巨贪也有底线也有原则？这岂不是滑天下之大稽？"阎王稍一愣怔后，嗤之以鼻地笑道，"我倒想听听你是如何自圆其说的？"

"我既不贪赈灾之钱，也不贪科举之款，更不会觊觎办不了事情的预付金。这三不贪就是我的做人底线或原则，这是人人皆知的事情，不信您就调查调查！"和珅自我辩解着。

阎王一听，立时无语了。

——不要囿于成见，事实上，即便十恶不赦者，往往也有可能藏着慈心为善未泯天良的一面！

◀ 才驭曹庾

提起仿写高手，不能不想到王勃。他才驭曹庾，堪称典范。

有人发现岁数不大的王勃竟然写出了"海内存知己，天涯若比邻""落霞与孤鹜齐飞，秋水共长天一色"这些脍炙人口流传千古的名句，就向他请教是怎么捣鼓出来的。

王勃略作沉吟后，脱口而出道："其实，您是高估了我的能力，我只是做了借石搭阶的工作而已！"

"此话怎讲？"那人愈发好奇地追问。

"我只是学了前贤的作品，化为己用，才有了世人对我刮目相看的一幕。"王勃解释着，"您也许还记得曹植'丈夫志四海，万里犹比邻'的诗句吧？是它启发我创作出'海内存知己，天涯若比邻'的名句啊。至于'落霞与孤鹜齐飞，秋水共长天一色'，其实也是我模仿庾信《马射赋》中的'落花与芝盖同飞，杨柳与春旗一色'这个对偶句而写成的……"

听了王勃直言不讳的告白，那人终于彻悟了。

——所谓后来居上者，极有可能就是被前人的肩膀给托举出来的！

◀ 诗僧秘籍

"日日扫复洒，不容纤物侵。敢望来客口，道似主人心。蚁过光中少，苔依润处深。门前亦如此，一径入疏林。"

这首流传千古脍炙人口的《扫地》诗作是唐朝诗僧齐己捣鼓出来的。它的诞生曾轰动过齐己生活的整座寺庙。僧人们压根儿没料到年纪轻轻的齐己能写出如此高水平的诗作。这个难以置信的消息一传出来，惹得一名好事者禁不住要一探究竟。

他以羡慕的口气对齐己说："你是怎么写出这样的好诗呢？有啥秘诀吗？是不是天赋异禀造成的？"

"能写出这样的诗，应该不觉得奇怪吧？"齐己有些尴尬地说，"我只是做着被常人所忽略的深入思考而已！"

"写出这么有哲理性的诗作，我能不感到奇怪吗？"好事者接着又以夸张的语气追索答案，"您除了做着被常人所忽略的深入思考之外，还应该有更重要更关键的玄机或奥秘所在吧？"

齐己顿时陷入了沉思。他暗忖道："看来敷衍不得。否则，被继续纠缠着就不好了。"

于是，齐己反问道："您应该还记得郑谷成为我一字之师的故事吧？"

"扯那故事做啥呀？"好事者愈发纳闷起来。

"难道您不觉得一个虚心好学的人能写出这样的诗作是不足为奇的事实吗？"

好事者立时彻悟了。

——把不可能转化为可能，往往只有深思好学者可以做得到！

◀ 同道对话

阴曹地府里，三个不同时期的变法改革家碰面了。

明朝的张居正对战国时期的商鞅与宋朝的王安石羡慕地说："两位前辈的名声要比晚辈响亮得多，真是愧煞晚辈啊！"

"不能这么说，"商鞅与王安石异口同声地表达了自己的看法，"我们都是在为社会的进步和历史的发展作出贡献的人，怎么能分等次分彼此呢？"

张居正刚要反馈，却被商鞅抢了过去："我是史学家眼里第一个提出变法者，自然也就先入为主了。"

紧接着王安石续话了："我的变法惊动了皇帝的母亲，轰轰烈烈的，当然也能捣鼓出浩大的声势来！"

"虽然晚辈的变法不像两位前辈的变法那样震动朝野，但也没被史学家所遗漏，真可谓庆幸矣！"张居正莞尔一笑，道。

——书写历史的人必定不会被历史所遗忘！

◀ 孔子解疑

某现代人穿越时空的隧道，去见孔子，想请教一个久久困扰在心里的问题。

他对孔子说："老前辈，晚生写过不少的教育专著，依然成不了一名教育家。而您呢？一向述而不著，千百年来却一致被推崇为大教育家。这是为什么呀？"

"这应该不难推测的。"孔子和颜悦色地回答，"虽然我没有拜读过您的大作，要不是您的教育专著缺乏真知灼见，抑或无病呻吟，总不至于您会成不了教育家吧！"

一语中的，一针见血。

成不了教育家的现代人听了，立时面露羞惭之色，默然无语。

细忖之下，他恍然大悟了。

——滥发热情是成就不了大气候的，唯有精粹动人才是流播于世的根本！

◀ 绝对回驳

一次，有个姓乌的巡抚为了显摆自己高才，就出了一上联为难在场者，其中也包括清朝第一才子纪晓岚呢。

乌巡抚的上联是："鼠分大小皆称老。"弦外之音乃由不得你不服，强势霸道不言而喻！纪晓岚见他一副自鸣得意的模样，很是气愤，准备对出下联予以回击，一时间陷入了沉思。乌巡抚竟以为自己出的上联无人能对，不禁放肆地叫嚷起来："真是一群窝囊废，都不敢出来接招迎战的吗？"

这时候，纪晓岚急中生智地接过话茬说："不就是对出下联吗？我早已想好了！"乌巡抚听了一惊，原本骄纵的神色里流露出些许不安。因为他知道纪晓岚是联语行家，再难的对联也治不了他，这一回岂不是班门弄斧了。不过，狡猾的乌巡抚却不动声色地问道："你果真有十足的把握？"

只见纪晓岚微微一笑，回答道："我应对的下联是'龟有雌雄都姓乌'！"这一还击真可谓是妙极了，既不露斧痕，又意有所指。乌巡抚气得闷声不语，哑巴吃黄连——有苦说不出。他不由得暗自嘀咕道："凌辱他人者难免会遭到狠厉的反噬啊！"

◀ **出乎意料**

清朝的乾隆皇帝穿越了数百年后的时光隧道，来到了某处，读到了小学课本里曾是自己写过的一首诗——《飞雪》：一片一片又一片，两片三片四五片，六片七片八九片，飞入芦花都不见。

他纳闷着，暗自嘀咕道："这也算是好诗吗？众所周知，写诗讲究起承转合，可我就是看不出它的'转锋'；写诗也要讲究平仄，可它并没有按规则落实啊。我写过近四万首诗作，哪一首不比它出色呢？这么浅显直白俗气逼人的诗作，能算得上精品吗？会不会是编委们的水平有限看花了眼呢？"

选入诗作的课本似乎看穿了乾隆皇帝的心思，说："我看您是误会编委们了。大道至简，大音若稀。您的这首诗虽然还有许多缺陷，但画面感强，写得形象生动，很适宜于小学生的审美情趣……"

乾隆皇帝听了，恍然大悟。

◀ 誉之由来

穿越时光的隧道，隋文帝的皇后独孤氏见到了朱元璋的皇后马大脚，说："在帝后传里，您跟我一样享有清誉。您有否关注到清誉的由来呢？"

"我觉得这问题不难找到答案。"马皇后予以回应道，"因为我与您有着共同的秉性啊！"

"这话是啥意思呢？"独孤氏愣了一下，追问道。

"节俭就是做人的美德啊！我与您不都是崇尚生活节俭的吗？说到这，您真是我的大偶像楷模，出身名门望族的您竟然能做到了朴实不奢华，是何其不易也！"马皇后说，"我是贫寒人家的女儿，节俭惯了不足为奇。"

"仅此而已，就能让我们享有后世的赞誉吗？"独孤氏似乎还有些怀疑。

"当然不全是，崇尚生活节俭固然是其中的一面，"马皇后补充道，"更重要的是您与我都有大局观，为了成全丈夫的事业，都不畏遭嫌不惜规谏……帮助他们赢得民心。"

独孤氏立时恍然大悟了。

——严于律己是卓越人生的必修课！

◀ 嫌人殃文

一天，唐朝诗人刘禹锡去拜访名相李德裕，问："白居易可否给您寄赠诗文了？"

"他的诗文一寄过来，我就把它们放进一个箱子里，应该不少吧？您想看，自己去找找！"李德裕面无表情地说。

"难道您从来不看他的文章？"刘禹锡有些惊讶了，"据说，顾况本以为他的诗没啥了不起，而当读了'野火烧不尽，春风吹又生'之后，就对他赞许有加啊！他的诗文怎么会被您拒之千里呢？"

"因为我不喜欢这个人呗！"李德裕直言不讳地予以回答，"我怕自己读了他的诗文后，会改变对他的态度！"

刘禹锡听罢，无语了。

——大凡能坚守原则的人，往往都会有着刻板冷漠的一面。

◀ 写诗真谛

在子虚乌有国里，一位写诗爱好者迎面碰上了唐朝大诗人白居易，说："诗坛上流播着这样一则美谈佳话，讲的就是您每写好一首诗作，必读给老妪听。直到能听懂为止。有没有这回事呀？"

"不错，就是这样的！"白居易回答道，"因为我信奉诗人写的诗必须让读者理解，进而消化；否则，既浪费了竹简资源，又耗损掉读者的精力，委实太亏了！"

"可时下有些刊物总是乐此不疲地发表一些晦涩难懂的诗作啊，虽说不知所云，却能把读者折腾得死去活来的，您能说这样的诗作缺乏魅力吗？"

"难道您觉得浅显直白就不是好诗。试问一下，能流传下来的哪一首诗会是晦涩难懂不知所云的呢？"

写诗爱好者听了，无语以对。

——做事失去原则，势必遭人诟病！

◀ 迷恶不改

秦朝的宦官赵高穿越时空的隧道，见到了宋朝的皇帝赵构，说："您与我都拥有至高无上的权势，为何还要备受后世人的诟责呢？"

"这也不难理解呀，公道自在人心啊！"赵构接过话茬回答，"你指鹿为马，颠倒黑白；而我杀害忠良，有悖天理！"

"若是有来生，让您重新选择，您应该不会重蹈覆辙的吧？"赵高突发奇想地问道。

"恐怕还是做不到的！"赵构直言不讳地说，"古人有云'人不为己天诛地灭'哦！"

赵高无语了，他忽然觉得自己也深有同感。

——久入鲍肆而不闻其臭，更何况人性里都有利令智昏的弱点！

◀ 曹操之问

在乌托邦的大殿上，曹操见到了曾被自己杀害的华佗，以试探的语气对他说："你这一生最痛恨的应该是我让你身陷囹圄之事吧？若不是你坚持提议用开刀来治我脑疾，我也不至于让你身首异处啊！"

"不！我绝没有责怪您的意思。"华佗苦笑着回答，"您对麻沸散的功效不了解，对新鲜事物下意识地去拒绝，我是完全可以理解的。"

"那你这一生就没有痛恨之事了吗？"曹操不禁好奇地追问。

"怎么会没有呢？"华佗一脸悲愤地说，"就在我身陷囹圄之际，我辛苦写就的医书竟被拙荆愚妇付之一炬，那可是我的毕生心血啊！"

曹操听罢，忽有所悟了。

——做人最大的不幸不是一时之间没被稍许理解，而是一时之间惨被全盘否决！

◀ 毛遂诉疑

阎王殿里，毛遂大声地嚷着："不都说'好事不出门，丑闻传千里'的吗？为何这话到我身上就不灵验了呢？"

"什么意思？"阎王不解地问。

"世人只知道有'毛遂自荐'的开篇启幕，而压根儿不记得有'毛遂自刎'的归宿收场。这显然是不合情理的！"毛遂的脸上流露出迷茫的神色予以回答。

"我觉得人们选择遗忘它是有道理的！"阎王剖析道，"试想一下，盛誉之下，才不堪匹配，这是一件多么尴尬的事情。更何况惨淡的归宿收场与你辉煌的开篇启幕两相对照，不觉得难以置信吗？人们选择遗忘它，对你而言，实在是一件值得庆幸的事，尽管它能昭示着你的刚直——无法胜任挂帅军职，但跟你先前的华丽转身，的确有冲突对立之嫌呀！"

毛遂立时无语了。

——愿意永远保留一份美好的记忆，往往是人之善良的天性所致！

◀ 萧何诉愧

在创建大汉基业时，萧何文不及张良之谋，武不如韩信之勇，却被刘邦提拔为第一名要员进行封赏，这让萧何不胜惶恐。

因此，他对刘邦说："陛下眷顾于微臣，微臣自然心存感激。论功行赏，我不该获此殊遇。您将我提拔高位，恐难服众啊！"

刘邦笑道："我这样做自有道理，你就坦然受之，无须多言。尽管我经历过无数败仗，而始终屹立不倒，爱卿功不可没也。若不是你后援给力，粮草无忧，我又怎敢放手一搏？你是我大汉朝不可取代的中流砥柱。再说了，国基稳固之后，我迫切需要的是尊文抑武。虽说张良腹有经纶颇有奇谋，但在制定国策方面不如你周全精到，所以我才封你高职，冀望能竭忠敬岗不负所托！"

听了刘邦的一番告白，萧何恍然大悟。

——成功未必全仗实力，有时还有机缘巧合的辅助！

◀ 奸迂相斥

《滥竽充数》故事里的南郭先生遇上了《中山狼》故事里的东郭先生，于是开启了一场可笑的唇枪舌剑之斗。

迂腐的东郭先生责问奸猾的南郭先生："既然您没有练好吹竽之技，怎么就敢出去献丑呀？妄图以投机取巧而得偿愿景，真是太不自量力了！"

"混日子何必过于较真。"南郭先生恬不知耻地回答。

"结果您还不是灰溜溜地悄然逃遁而去？多丢人现眼啊！"东郭先生不以为然地驳斥着。

窘态毕露的南郭先生默然良久后，也学着东郭先生的腔调予以还击："既然您没有本领降服中山狼，为何还要把它救下来而落得个被反噬的自讨苦吃的下场呢？"

"难道心怀仁慈悲悯也有错误吗？"东郭先生凛然傲然地反问。

"若不是农夫智惩中山狼，您还能活着跟我说话吗？"

东郭先生听了，顿时哑然无语。

——的确，不识己陋或不知己短几乎是所有人的积弊与通病！

◀ 张俭兑诺

皇帝看了张俭一眼，惊讶地发现他皮衣上去年被烫出的那个小洞赫然在目，便纳闷地问："张爱卿的俸禄应该不少吧？为何总不见添置新衣服呢？"

"陛下见笑了。微臣的皮衣还能穿啊！"张俭回答道。

"虽说能穿，可有个破洞了，应该换下才是！"

"既然能穿，自然不必换了。家父给我取名俭字，用意很明显，不求奢华，只要朴实就行啊！"张俭只得转移话题，希望皇帝不再纠缠此事。

可皇帝不依不饶："张爱卿说得不无道理，但你穿着破衣服上朝，这话传出去，岂不败坏了我的名声？"

"陛下放心，崇尚节俭的美德不是罪过。更何况微臣是在践行家风，人家知道了，一定会理解的！"

皇帝听了，默然不语。接着，命人打开国库，给他一些布匹赏赐作为嘉奖。

在场的大臣们见了，都心生愧疚。

——以俭造德，以德服人，从善成风不知不觉间便自成气候！

◀ 不吐隐衷

一表人才的诸葛亮娶了个丑女黄氏为妻，惹得邻里乡亲讥嘲不已。

有人好奇地问诸葛亮："您这大帅哥为何要娶丑女为妻呢？"

"因为她有才干，能帮到我，是不折不扣的贤内助！"诸葛亮和颜悦色地回答。

"这是您的真心表白肺腑之言吗？"

诸葛亮默然了。

他暗忖道："你怎会明白我的苦衷呀？我一介寒儒，虽然有远大的抱负，长得英俊倜傥，可地位卑微，唯有借助名门望族的力量，才能以宏图大志逆袭翻盘啊！"

——智者，往往也有鲜为人知的一面。

◀ 以静制动

汉武帝的乳母犯有死罪，汉武帝痛下决心拟欲诛之。乳母哭求，汉武帝却是无动于衷。乳母惶急之下，求百官说情而未果，只得问计于东方朔。东方朔授以应对之策，曰："攻心为术，或可自救！"

临刑时，乳母依计行之。默而不语，只以哀目投视。汉武帝凄然心动，顾念哺育之恩，便将其赦免。

——有时候，哀绝的目光能溃解理智筑就的防线！

◀ 曹参争名

在乌托邦国度里，曹参对萧何道："'萧规曹随'之说于我而言是最大的讽刺。我的地位名次为何总是跟在您的后边呢？"

"因为您是沾了我的光呀！我的贡献比您大啊！"萧何笑着回答。

"可我不甘屈居第二，那该怎么办？"

萧何顿时无语了。

——膨胀的欲望永远是人性中根除不了的毒瘤！

◀ 武帝责子

阎王殿里，汉武帝愤然地对汉宣帝说："我把一国的命运都交托到你的手里，而你却视同儿戏，将之带向衰败，真是朽木不可雕也！"

"父王息怒，儿臣做错啥事了呀？"汉宣帝叫屈道。

"难道我的指责有不实之处？"汉武帝愈发不悦了，"明知道刘奭不是你儿子里头最优秀的一个，为何还要把皇位传给他呢？"

"可我的做法也不至于遭受您的谴责吧？"汉宣帝为自己做着辩护，"许平君是我的第一任妻子，虽然她过世得早，而我对她一往情深，才迫不得已地将她的孩子立为储君，何错之有？"

"作为一国之君，你没有深谋远虑，放出眼光，错误地选择继承人，这就是你最大的失职。尽管你在政绩上也不逊色，能让黎民百姓过上安居乐业的生活，然而因你的为情所困，导致汉祚趋危，我能不痛心疾首愧对那列祖列宗吗？"

汉宣帝立时无语以驳了。

——诚然，走错关键的一步，往往会带来最致命的伤害！

◀ 薄葬杜盗

一次，汉文帝带着群臣到霸陵参观。那些日子，他一直为皇陵防盗的问题在绞尽脑汁地想对策呢。

汉文帝站在北面远眺时，对随行人员说："若以北山之石为棺椁，再用切碎苎麻丝絮堵缝隙，涂漆于外，盗贼无法开启石椁，便确保吾之寝陵必永固无虞矣！"

随行者闻言纷纷赞同，唯有张释之不以为然："使其中有可欲者，虽锢南山犹有郄；使其中无可欲者，虽无石椁，又何戚焉！"

东施的困惑

言下之意是简丧薄葬，自然不会引起后人盗墓；而棺椁中有引发贪欲的宝物，岂能幸免于劫？

汉文帝听罢，深以为然，点头称是。

——成功之道在于有的放矢务实而为，而不是形而上想当然的设构！

◀ 力挺耿臣

汉文帝面带愧色地在薄太后跟前请罪，自责教子无方，有失职之实。原来太子擅闯司马门被监守官张释之逮了个正着！

薄太后听了，以试探的口吻发问道："像这样的大臣，只会给你增添麻烦带来尴尬，你何不下旨罢免其官呢？"

"这使不得呀！张爱卿是我大汉朝的中流砥柱，他秉公执法，何罪之有？再说了，无法可依，治国岂不危矣？"

薄太后面露欣慰之色，曰："看来，你不糊涂，我也要跟你一样力挺这耿直的大臣了。"

——坚定立场把握尺度，乃明辨是非判断对错的有力支撑！

◀ 誉不虚出

宋仁宗驾崩后，不仅百姓为其披麻戴孝，而且邻邦辽主也失声痛哭造庙祭祀。

这是历代帝王中最罕见的一幕，难怪当时的史官称其为"一代明君"！

宋仁宗被史官誉为"一代明君"，这份殊荣让他感到特别意外，也惴惴不安："朕觉得爱卿评价有些言过其实啊，朕岂不受之有愧乎？"

"陛下不必自谦。"史官说，"微臣是凭实据而录载也！"

"何以见得？"宋仁宗依然有些不自信。

"且容微臣逐一道来，陛下便知誉不虚出名至实归矣！"史官遂即予以汇报，"一次，陛下与包拯商榷政事，彼之唾液飞沫溅到了龙颜，陛下也没发怒计较；又一回，陛下忍住焦渴不言，为的就是身边太监免受责罚……诸多之事不胜枚举。陛下有如此仁德，焉能不配'一代明君'之谓？纵观陛下一贯所为，宅心仁厚体恤民情，俭而不奢，谦而有礼，誉为'一代明君'，实属合情合理也！"

宋仁宗听罢，始有所悟。

——事实胜于雄辩，大道原本不孤！

◀ 武曌诉疑

武则天无论如何也想不到自己造的18个汉字几乎都报废了，仅有作为人名的"曌"字流播下来。这对才智卓绝的武则天而言，自然是个不小的打击。

史上唯一被公认的女皇也有办不到的事情，这一传出去岂不太没面子了？因此，武则天去找造字高手仓颉大师讨教奥秘。

她见到了仓颉大师，提出了自己心中的疑惑："百密一疏的您造出的'寸身非ai委矢不she'也能被人们接受，为何我绞尽脑汁造出来的理据皆有的字反倒不被世人接纳呢？"

"这也许是您篡改朝代的报应吧！"仓颉大师回答道，"因为您做了一件不得人心的大事，所以人们对您有排斥心理，对您的卓绝才智也就熟视无睹了。"

武则天压根儿没想到自己所造的字无法流传竟然会与她篡改朝代有关，便无语以驳。

——有一种徒劳无益不是无功所致，而是含耻使然。

◀ 质疑排序

有一好事者从史上顶级女性中遴选出4名牛人给予排序，分别是第4的慈禧太后、第3的吕雉、第2的武则天和第1的冯太后。这份榜单一出来，让排序的第2的武则天颇为不悦。慈禧太后比她晚生，又排名靠后，她自然没有感觉。吕雉排序其后，显然对她也不会构成任何威胁。唯独北魏的冯太后序列其前，她是无论如何也难以接受的，毕竟她才是史上唯一被公认的女皇帝，权高位重，名声显赫，是其余3位都望尘莫及的呀，可被好事者弄得无法名居榜首，这不是对她莫大的讽刺吗？

于是，心理失衡的武则天去找好事者理论。

她咄咄逼人地问好事者："你为何要挑战我至高无上的权威呢？"

"我只是就事论事罢了，哪敢挑战您至高无上的权威？"好事者战战兢兢地回答。

武则天的脸色稍有缓和，依然用责怪的语气反问道："那你说说，我在什么方面不如那北魏的冯太后呢？"

"冯太后以一己之力任劳任怨地去扶持一代明君，从不曾有改朝换代的念头，而且为汉文化的传播与发展有着杰出的贡献，她顺势而为，这是您所不及之处啊。而您虽然也能推动历史潮流的发展，但取而代之的做法是有违道德良知的……"

武则天听了，她想到自己思想境界不如冯太后高尚，便默然无语了。

——诚然，大道至简的德行比逆袭而上的明智更有底气更具力量！

◀ 常乐不知足

世上很少有人知道"知足常乐"这一成语里的"常乐"乃为一个人的姓名也。

为此，"常乐"不由得嗟叹道："原来我只是个寂寂无闻之人罢了！否则，又怎么会很少有人知道我常乐这个人呢？"

——诚然，知足的常乐也不知足呢！

◀ 华佗后悔了

肉长的人心特别脆弱，很容易受伤，这引起了医圣华佗的深思。

有责任担当的他决定用技术处理这个问题，经过他的不懈努力，五花八门的替代心像雨后春笋般地出现了。什么不锈钢之心啦，铝合金之心啦，钻石之心啦……真是不一而足，乱花迷眼。

自从人们换上了这些不是肉长的心之后，对很多事情都变得无动于衷。

情感的冷漠使这个世界缺少温度与沟通。

这下，"你究竟安的是什么心"的质问便随处可遇了。

医圣华佗无助地叹息道："原来我的换心术给这个世界带来的不是拯救的福音啊！"

◀ 张仲景诉疑

阴曹地府里，史称"医圣"的张仲景对阎王说："世人总是用'华佗再世'来比喻医术高超者，却没有'张仲景再世'的说法。人们也可以从'扁鹊治病'的故事里悟出'做事要防微杜渐、不能忌医讳忌'的生活道理，却不能从'张仲景治病'里悟出什么丁点真谛。我暗自思忖，我的医术应该不比华佗扁鹊差，为何名气却比他们小得多呀？"

"这有啥奇怪的？"阎王轻描淡写地予以回答，"如果您也像华佗一样给曹操治过病，也曾像扁鹊一样给蔡桓公治过病吧，恐怕您的名声要超越他们了。"

张仲景一听，心里豁然开朗了。

——与有权势或地位者交集，不全是不幸或灾劫！

◀ 曹操与苏轼

穿越时空的隧道，曹操见到了苏轼，由衷且歆羡地说："老朽与乃父一比较，真是自愧不如啊！"

"前辈此话差矣！"苏轼讶然作答曰，"您的儿子七步能诗，我可办不到！"

"后生你误会了我的意思！"曹操笑着摇摇头说，"我指的是乃父教育有方呢！"

"您也太过谦虚了！"苏轼嚷道，"您教育出来的儿子除了有才高八斗的曹植外，曹丕在文坛上不也是有口皆碑的吗？至于曹冲称象，更是一桩美谈！"

"看来，后生你还是没有理解我的意思！"曹操接着说，"你中秋夜忆弟的《水调歌头》所表达的是兄弟情深，而犬子曹植的七步吟作则为兄弟分裂不睦的笑话。"

苏轼听了，恍然大悟。

——做人处世的成败，不在于造化的大小，却关乎教养的深浅！

◀ 苏轼与李煜

苏轼是北宋时期成就斐然的文坛多面手，与专攻词作的南唐后主李煜相比较，自然更胜一筹。然而，他们写的同题词《渔父》，在后世人的评价中，都说苏轼的四首还抵不上李煜的一首有价值呢。这让苏轼感到很不是滋味，他困惑之余便萌生了去找李煜讨教的念头。

在太虚幻境里，苏轼如愿以偿地见到了李煜，羡慕地说："每每读到先生的大作，晚生就会觉得自愧不如汗颜不已。但不知先生是如何打磨出这般精品来的？"

李煜乍一听，就有些不好意思了，毕竟人家的名头比自己响亮。他稍一愣怔后，便反复地吟诵着自己曾挥翰题写的那首配画词——浪花有意千里雪，桃花无言一队春。一壶酒，一竿身，快活如侬有几人？

"嗯，真的不错。想象力丰富，也很有画面感，难怪会赢得读者的青睐！"李煜暗自嘀咕着。紧接着，他问苏轼："后生家的词作是如何表述的？"

苏轼见李煜盘问，便朗声地吟起他自己的词作——

一、渔父饮，谁家去。鱼蟹一时分付。酒无多少醉为期，彼此不论钱数。

二、渔父醉，蓑衣舞。醉里却寻归路。轻舟短桌任斜横，醒后不知何处。

三、渔父醒，春江午。梦断落花飞絮。酒醒还醉醉还醒，一笑人间今古。

四、渔父笑，轻鸥举。漠漠一江风雨。江边骑马是官人，借我孤舟南渡。

吟毕，略带羞涩地说："晚生有自知之明，先生见笑了，都是些不堪入耳的东西！"

听了苏轼的四首同题词作，李煜颇感欣慰地说："后世人的评价其实也不无道理啊。你的词作不如我写得灵动洒脱。细究我能写出比你略显优秀的词作，功归于佳画当前，有物可以参照，兼容了奇思妙想，自然也就出精品了。想当年，南唐著名画师卫贤画了一幅《春江钓叟图》，我看了怦然心动，才有了这词作的。而你的词作虽然把渔父的各种生活形态呈现出来，由于用语拘谨，理性成分又多，写出来的词势必也就大打折扣了！"

听了李煜有理有据的解读，苏轼立时无语了。

——诚然，事实或真情会让人认识到彼此的悬殊与差距！

◀ 包拯与海瑞

包拯与海瑞都是中国历史上赫赫有名的能臣廉士，都有凤毛麟角的"青天"之誉，可见世人对他们的尊崇与爱戴。

穿越时空的隧道，宋朝的包青天见到了明朝的海青天，惺惺相惜地说："后生可畏啊，您能永远地活在后世人的心里，委实乃人中龙凤也！"

"前辈谬奖，晚辈的名声远不如您的响亮呢！"海青天略显不安地回答道。

"不能这么说呀！"包青天严肃地说，"论铮铮铁骨，胆气冲天，您有胜于我，竟敢抬棺去见皇帝，遗憾的是病逝任上，竟无儿子送终！而我则比您幸运得多了，遇到棘手之事，还有皇帝的支持，手握尚方宝剑可以铲除贪官污吏，离世时还以九棺出城留下疑冢……"

"听您这么一说，晚辈愈发汗颜了！因为您彪炳史册家喻户晓妇孺皆知，而我向来是鲜为人知的呀！"海青天谦虚地说。

"我是'近水楼台先得月'啊，世人为了树立榜样，总要找个典型范例出来，我有幸被选中，再加上梨园弟子们所好，觉得我比您更适合于舞台操作……"

包青天的话着实让海青天感动了。

——羡慕他人者往往有可能成为他人心中的偶像！

◀ 李白与苏轼

在子虚乌有国里，李白穿越时光隧道时邂逅了苏轼，并开启了一场有趣的对话。

李白以非常赏识的语气笑容可掬地对苏轼说："您不就是大名鼎鼎的唐宋八大家之一的苏东坡吗？真是一场令人欢欣鼓舞的幸会啊！您成就斐然，开创了豪放词派，更是个千载难逢的多面手，琴棋书画无不精通。我能不对您刮目相看吗？"

"承蒙谬赞，晚辈愧不敢当！您是唐朝诗坛上的一座丰碑，无人企及。一提起'诗仙'，谁不会想到李白先生您呀……"苏轼一脸谦恭地回答。

"说实在的，彼此都是洒脱之流，应该无需这样繁文缛节地说客套话吧？"李白提醒道，"我与您皆为后世津津乐道的对象，不全因身有故事的吗？"

"先生此话何意？"苏轼愕然不解地问道。

"难道您忘了'铁杵磨成针'的典故了吗？"，李白笑着说，"若不是那老妪的话让我受益，我又何至于在诗坛上盛誉不衰呢？"

苏轼听了，恍然大悟，心领神会地附和道："是啊，是啊。我得感谢那位迫使我改写联作的刁难者！要不是他找出些冷僻字让我认读，我恐怕还意识不到自己过于狂妄有待磨砺，也不会流播下'发愤识遍天下字，立志读尽人间书'这一联语了！"

——诚然，不少成功者往往都是在受启发中或在被鞭策中成长起来的。

◀ **屈原与陆游**

跨越千年的距离，史上鼎鼎大名的两位爱国诗人不期而遇了。

南宋时期的陆游见到了战国时期的屈原，肃然起敬地说："前辈是中国诗歌史上的一座丰碑，影响之大无人能及，令晚辈汗颜不已！"

"此话真是太抬举老朽了！"屈原有些羞涩地回答，"后生可畏啊。不少诗作竟被选入教科书，成为万千学子诵读的材料，名声之响亮，远非老朽可以办得到的！"

"承蒙前辈谬奖，愧不敢当！"陆游惭愧地，"追溯端午节的由来，谁不会联想到前辈呢？晚辈哪有资格与前辈同日而语呀？"

"可不能这么讲，"屈原的神情有些落寞地说，"后人记住我的只是'路漫漫其修远兮，吾将上下而求索'这一句而已，至于后生的'死去元知万事空，但悲不见九州同。王师北定中原日，家祭无忘告乃翁''三万里河东入海，五千仞岳上摩天。遗民泪尽胡尘里，南望王师又一年'等诗作，谁不张口就来的？"

听了屈原推心置腹的告白，陆游颇感欣慰，因为世人也从没冷落过他。

——凡能永垂不朽流传千古的，必是深得人心怀揣大爱者！

◀ 朱棣与林肯

朱棣是明朝的皇帝，而林肯是美国的总统。虽说他们的地位旗鼓相当，可史学家的评价则是林肯比朱棣可爱。

朱棣感到大惑不解，于是找到林肯问道："我创下的伟业并不比你少，为何史学家有厚薄之分，说你要比我可爱多了。"

林肯答曰："没什么奇怪的，因为你看重的是皇权，而我把亲情放在第一。你怕有碍皇权，竭力隐瞒事实，始终不敢承认自己是一位蒙古族女子所生，尽管你也曾为她建过一座大报恩寺；我却不一样，当选那一天，居心叵测的参议员讥笑我是鞋匠的儿子，我不但敢于接受，还为自己是一位出色的鞋匠儿子而感到自豪。这一点，你能做到吗？"

朱棣一听，顿时无言以对！

的确，不为自私鼓掌，这永远是人性之光闪烁的根源所系！

◀ 李煜和刘禅

阴曹地府里，才华横溢的南唐后主李煜邂逅了乐不思蜀的蜀后主刘禅，惑然不解地问道："彼此都是亡国之帝，为何您能寿终正寝，而我则落得个狼狈惨死的下场呢？"

"以您的聪慧，应该不难理解吧？"刘禅听了有些意外，不免瞟了李煜一眼，说，"作为亡国奴，我只能装糊涂，学会了察言观色见风使舵；否则定然性命难保。可您呢？不夹紧尾巴做人，还借词抒怀满腹牢骚，自以为是血性男儿，实则愚不可及。事实也证明了这一点——您无可幸免地被赐毒酒一杯饮恨而终。"

"做人难道不需要活得有尊严一些吗？"李煜反问道，"没骨气没节操，活着不也是很没意思吗？"

"既然投靠了敌国，又哪来的尊严？又有何骨气节操可言？如果您要尊严、骨气与节操，国破之际为何不自刎以谢天下呀？"

刘禅一针见血的话让李煜无语以对无语以驳。

——认清形势或事实，往往也是一种生存的智慧！

◀ 岳飞与秦桧

一腔热血的岳飞以锐不可当的破竹之势拟欲直捣敌国心脏黄龙，猝不及防地被皇帝赵构连发十二道令牌召回京师。奸相秦桧趁机以"莫须有"的罪名陷害于他。就这样，岳飞屈死风波亭……

在阴曹地府里，岳飞气愤地质问秦桧："难道精忠报国是错误的吗？"

"你不可以指责我。"秦桧厚颜无耻地说，"你得认清这样一个事实，是我成全了你的千古声誉，使你百世流芳。要是续你年寿无疾而终，恐怕你就配享不了今天这般顶礼膜拜众望所归的哀荣了！"

岳飞听了，愈发愤怒："你还想要我对你感恩戴德吗？真是无耻之徒！"

"感激倒不必，埋怨却不该。要怪也只怪是你咎由自取啊。揣度不了圣上之心，我也只是推波助澜一回。谁让你弱智愚钝，处事机变能力不足，妨碍了皇帝深谋远虑的构设计划呢？"

岳飞顿时陷入了沉思之中。

——在利害冲突面前，情商不足往往也是致命一击啊！

◀ 西施与东施

西施以炫耀的口气问东施："为何我的知名度总是比你高出许多呢？"

"因为您是中国古代四大美女之一啊！"东施露出歆羡的神情回答道，"更何况还有宋朝的文学家苏轼推波助澜地为您写过'欲把西湖比西子，淡妆浓抹总相宜'的映衬诗句呗！"

西施深以为然地笑了。

东施为了不让自己陷入僵局，以至于太难堪，便无话找话地说："可您有否发现人们谈起'东施效颦'的故事总是津津乐道的呢？"

"这也不足为奇呀！"西施不屑地应答道，"因为人们能从你的身上找到一些取乐的元素，不是吗？！"

东施听了，尴尬得无语以对。

——世风就是如此，被追慕而出名，找平衡成谈资！

◀ 智破连环计

徐渭是明朝的大才子。他6岁时就表现出与众不同的一面，这可以从智破连环计中获得有力佐证。

一天，伯父带着他和几个伙伴到河边开展一项颇有难度的比赛。比赛规则是：提桶过河，但不能溅出一点水；优胜者会得到糕点的奖赏。

比赛很快就淘汰了徐渭的几个伙伴，而他则以别出心裁的做法赢得了伯父的刮目相看。原来他拖着两桶水从河中间的木桥上走过，显得平稳而轻松。

于是，伯父就以一包糕点作为奖赏。不过，要拿到糕点也不容易啊。因为糕点被捆系于一根长竹竿的顶端，而且不能将之横着放倒了去取。

结果，徐渭又顺利过关了。他把糕点被捆系于顶端的长竹竿插入河中。这样一来，也就轻而易举地摘到了糕点。

伯父和他的几个伙伴看了，都赞不绝口。

——诚然，拥有出类拔萃的智慧必是卓有成效地解决问题的关键所在！

◀ 孔子的质询

一个现代教育工作者，穿越时空的隧道去拜见孔子。一见到孔子，他便埋怨开了："您述而不著，却是举世皆知的大教育家。而我著作等身，却没有一个人承认过我是教育家。这真是太不公平了！"

"请问在您等身的著作中，有哪些是您自个儿的创见呢？而您的每一个观点又是如何施加教育影响呢？"孔子语调淡然地质询道。

这位现代教育者听了，窘得不知所措。

——不在关键处使力，就难以找到问题的核心所在；无的放矢，注定会贻笑大方！

◀ 不堪的真相

给后世留下《凿壁偷光》这一成语的匡衡也有鲜为人知的一面。

瞧，阴曹地府里，阎王颇为生气地指着匡衡的鼻子训斥："枉为读书人的你究竟中了什么邪呀？从一个极为励志的人物形象蜕变成了私欲膨胀的腐化分子，真是令人难以置信啊！"

"只要您不提起，人们不就只记得我光辉美好的一面了吗？"匡衡赔着笑脸回答。

"可你辜负了皇帝的信任，仗着拥有利益资源，不顾弱势者的非议与抗争，吞并着他们的土地，惹得民怨沸腾，这是不争的事实！"阎王毫不客气地叫嚷着。

匡衡一时语塞，低着头不敢辩驳。

——悲哉，在光鲜亮丽的外衣包裹下竟是一个肮脏不堪的灵魂！

◀ 折服的苏轼

穿越时空的隧道，宋朝的大文豪见到了唐朝的诗僧张志和，羡慕地说："前辈写的'西塞山前白鹭飞，桃花流水鳜鱼肥。青箬笠，绿蓑衣，斜风细雨不须归'的《渔歌子》对后世产生了极为广泛的影响，这应该是前辈您始料未及之事，对吧？"

"是啊！"张志和一脸肃穆地回答道，"老朽怎么可能知道身后之事呢？记得当年鄙僧一时兴起，写了五首《渔歌子》，也唯有'西塞山前白鹭飞'这首引起了轰动广为流传，而另外的四首不也是鲜有人问津吗？于我而言，另外四首同样是敝帚自珍啊！"

"晚生认同前辈的说法，只是晚生也觉得唯有'西塞山前白鹭飞'这首《渔歌子》写得非同凡响脍炙人口意境优美神韵十足。难怪赫赫有名的南唐后主李煜也跃跃欲试，写下了两首同题材的词作。虽然不及前辈的出色，却也不入俗流。晚生对前辈的词作更是仰慕得厉害，忍不住将之扩充了几句，纳入自己的文选，据为己有。"说罢，苏轼便吟起了改写于张志和词作的《浣溪沙渔父》——"西塞山边白鹭飞，散花洲外片帆微。桃花流水鳜鱼肥。自庇一身青箬笠，相随到处绿蓑衣，斜风细雨不须归。"

张志和听了，觉得苏轼的词作远不及自己的词作读来一气呵成酣畅淋漓，不禁莞尔一笑道："鄙僧发誓，绝不会追究晚生的剽窃行为！"

张志和自信满满的一句话让苏轼感到尴尬不已羞愧万分，毕竟苏轼的词作与张志和的词作一比较，就会显得逊色多了。

这时候，元朝的赵孟𫖯、清朝的纳兰性德都一一晒出了各自的《渔父》，结果全是相形见绌，皆不如张志和写得自然大气颇耐咀嚼回味无穷也！

一旁的苏轼忽有所悟道："美的元素原来是可遇而不可求，有共性的，勉强不来！"

◀ **迂腐的陈寿**
....

阎王殿里，陈寿状告罗贯中沽名钓誉……

阎王吃惊之余，有些莫名其妙了："罗贯中先生怎么会是沽名钓誉之徒呢？他的《三国演义》能成为中国古典四大名著之一，其实力不容小觑！看来，你心生妒忌了吧？"

"什么心生妒忌？"陈寿不服气地说，"他大胆放肆地把那些子虚乌有的情节编进了故事里头，哗众取宠，有违事实，是任何一名有良知的史学家都所无法接受的……"

"可据我所知，他的作品迎合了大众的口味，读其作品给其点赞的人要比读你作品给你点赞的人多。你能告诉我这是什么原因吗？"

陈寿顿时缄默无语了。这下，他实实在在地尝到了孤掌难鸣的滋味！

◀ 苏武的节操

说起历朝历代有骨气有节操者，苏武无疑是其中的首选人物。常年在冰天雪地里牧羊而不屈膝变节，委实难能可贵，就连阴曹地府里的阎王也为之感动。

一日，阎王带着不解而又敬佩的语气对苏武说："匈奴国主让变节的汉朝大臣劝你投降，你为何就拒绝了呢？只要你向匈奴国主服软，表表忠心，你就能高官得做，轻裘肥马，锦衣玉食，要说多风光就有多风光，可你为何总是心如止水，一点也不为所动呢？"

"恕我就是办不到！"苏武摇摇头说，"作为大汉朝的臣子，如果让我崇洋媚外卖国求荣，我又有何面目苟活于世？"

"正是因为你不知变通，才会落得个常年在冰天雪地里牧羊的结局啊！"阎王不无惋惜地喟叹道。

"可这样做，我就无愧于心了！"苏武坦然予以回答，"人活着，没有比心安更为重要的事情了！"

阎王立时无语了。

——有一种以苦为乐就是由骨气或节操支撑起来的！

◀ 陆游的见解

阎王读着陆游的《示儿》——死去元知万事空，但悲不见九州同。王师北定中原日，家祭无忘告乃翁。

读毕后，忍不住对陆游说："这首短短的只有28个字的绝句里竟然出现3个别字，您不觉得有些难为情吗？"

"不！这是我的绝笔诗，86岁高龄的我，拿笔写字连手都在颤抖，自然会选择笔画数少的通假字来充替了事，也是迫不得已啊！更何况，这样做，也有其好处哩——能让读者获得突兀感，觉得天真烂漫玩味耐嚼……"

阎王听罢，沉默得不发一语，因为他知道，别有风味也是艺术审美情趣的一根标尺！

◀ 周勃的质问

太虚幻境里，大将军周勃放肆地质问汉文帝："陛下您本无皇位，是微臣我与陈平的竭力拥戴。可您登上皇位之后，不仅不予我提拔奖赏，反倒使劲打压。这是为什么呀？"

"我要实现自己的政治理念，不愿受制于人啊！"汉文帝慢条斯理地回答。

周勃一听，不由得惴惴不安起来，立时无语了。

——强者的悲哀就在于容忍不了比自己更强大的气场或力量。

◀ 鲁班的告白

有人问鲁班："世上有那么多的人被茅草划破皮肉，为何唯独您发明了锯！"

"不是所有的眼睛都能有所发现。只有做生活中的有心人，你才有可能表现出与众不同的一面来。"

鲁班的回答让问者忽有所悟。

——奇迹有时候就因慧眼察物而得以猝然来临！

◀ 琴师的告诫

年少的爱因斯坦虽然酷爱拉小提琴，但苦于无法成名而感到沮丧。

老琴师看穿了他的心思，带他进花园说："世界上有两种花，一种能结果，而另一种不能结果。不能结果的花总是开得更艳丽。这是为什么呢？因为它们没有目的，只为追求快乐。其实，快乐也是另一种成功啊！不刻意往往也能收获到人生中的美丽与精彩。"

爱因斯坦从此不再为无法成名而纠结！

——诚然，刻意的追求未必成功，而随缘的心性反有良效。

◀ 莱辛的疑问

穿越时空的隧道，18世纪的德国寓言家莱辛去拜谒古希腊的寓言家伊索，说："我也被后世人誉为影响世界的四大寓言家之一，为何名声总不如您响亮呢？"

"这也许得益于我是第一个从事创作寓言之故吧？"伊索回答道。

"那古代中国像庄子墨子韩非子的不也是从事寓言创作的吗？为何他们的知名度依然不如您呢？"

"因为我是纯粹专一地从事寓言创作，不像他们只是在自己的著作里夹杂着一些寓言作品而已！"伊索又给出了这样的答案，莱辛听了，表示赞同。

——诚然，打响品牌往往取决于抢占先机先入为主，还有不遗余力心无旁骛地介入！

◀ 林升的观点

穿越时空的隧道，清朝的乾隆皇帝见到了在南宋诗坛上占有一席之位的林升说："从我浩如烟海的诗作里为何找不出像你《题临安邸》那样千古流传的诗呢？"

"这有啥奇怪呀？"林升浮想联翩地揣度道，"您贵为皇帝，为了维护自身的统治地位，吟作自然而然都是粉饰太平的。再者，您过惯了养尊处优与风花雪月的生活，诗作必然多为无病呻吟……"

听了林升的揶揄与意味深长的阐释，乾隆豁然省悟了。

——在两条平行线上是永远无法找到交集点的！

◀ 商鞅的困惑

商鞅惑而不解地问阎王："为了秦国的崛起，我以诚立木，推行变法。为何人们都知道我的变法促进了社会的发展，却鲜有人记得我最终落得个被车裂的下场呢？"

"这既体现了您在人们的心目中保留了最美好的一面，又满足了人们对正能量的崇尚，不是一件好事吗？"阎王回应道。

"可这毕竟有违客观事实啊！"

"您的看法未免有些偏执，有谁愿意看到不该发生的事实却在发生呢？所以，不该有的结局还是不被提起抑或不浮出水面为好，毕竟它会让人感到不舒服，甚至寒心……"

细忖阎王的一番话，商鞅无语了。

——人性的光辉就在于拥抱理想放弃不堪。

◀ 阎王的驳问

在阴曹地府里，阎王也会遇上一些棘手之事。

一天，几个生前平庸的帝王齐刷刷把矛头都指向了明英宗朱祁镇："他终其一生没有突出的业绩，为何享有'一代明君'之誉而彪炳千秋呢？"

"试问一下列位可知是谁废除了史上最恶劣的最惨无人道的殉葬制度呢？"阎王一针见血地发问道。

"就是那个终其一生都没有突出业绩的明英宗朱祁镇呀！"

几个生前平庸的帝王竟然异口同声地回答。

"看来你们的记忆力不错啊!"阎王笑着说,"对,就是被你们认为的那个终其一生都没有突出业绩的明英宗朱祁镇在临终时作出一个石破天惊的决定,改变了不少后宫女子的命运。这可是一件轰动的大事,被明英宗做到了,是有何等的勇气与胆魄。你们当中有谁敢与之抗衡呢?"

几个生前平庸的帝王依然不服气:"那只是他一时良心发现罢了——他不忍心看到与之患难与共的妻子最终要为其陪葬,所以才有了一时的心血来潮,对历史进行改写,这不是小菜一碟小事一桩吗?"

"你们都错了。'感乎心者,莫过于情',由此可以推断,朱祁镇夫妇伉俪情深,正是他的那份深情冲破了封建制度的束缚,砸碎了千百年来不该存在的枷锁,让人性的光辉不至于泯灭,是多么了不起的一大历史贡献啊!"

阎王的一席话让几个生前平庸的帝王都无语以对。

——以德服人或深得人心的做法是被世代顽强不屈铭记的最大根由。

◀ 幕后的奇才

田忌与齐威王赛马,逢场必输。田忌显然不是奇才。

不料,有一回他竟然以两胜一负的成绩赢了齐威王。这让齐威王既始料未及,又纳闷不已。齐威王禁不住探询道:"难道在比赛之前你的马被施了魔咒?"

"我发誓,绝无此事!"田忌急着回答,"我怎敢在您的眼皮底下耍心机呀？"

"那究竟是怎么一回事呢？"齐威王好奇地追问。

"这要功归于孙膑，他看到我逢赛必输，就给我暗中出了个主意。"田忌表白道。

"什么妙主意？"齐威王迫不及待地追问着，"竟如此不可思议！"

"他发现您与我同等次的马脚力总是差不多，于是安排我用下等马对阵您的上等马，让您先高兴一回。嗣后，趁机挽回局势，便教我用我的上等马对阵您的中等马，用我的中等马对阵您的下等马，自然就稳操胜券了！"田忌娓娓道来，听得齐威王不住地点头。

恍然大悟的齐威王便央求田忌向他引荐孙膑，结果孙膑成了齐威王的军师。

——是金子一定能发光；有才者终究会浮出水面的。

◀ 刘备的贡献

阎王问刘备："请讲讲您一生最大的贡献是什么？"

"留下了一句格言——'勿以善小而不为，勿以恶小而为之'。"刘备不无自豪地回答。

阎王有些诧异了，自言自语着："难道建立蜀国不应该是您最大的贡献吗？我一直是这样认为的！"

"与建立蜀国相比，我的格言不是更有生命力吗？"刘备笃定地回答着。

"什么道理呀？"

"因为我的格言流传千年而未朽，可我建立的蜀国早已消亡！"

阎王无语了。

——你眼里的"伟大"未必就是我心中的"伟大"，毕竟个例的体验都有所不同！

◀ 刘基的斥问

阎王殿里，刘基愤怒地斥问胡惟庸："我为明朝的建立出谋划策殚精竭虑，思及伴君如伴虎，便急流勇退，都已解甲归田告老还乡了，你为何还要借助御医之手暗中谋害于我呢？真是明枪易躲暗箭难防啊！"

"这有啥奇怪的？"胡惟庸嗤之以鼻且恬不知耻地回应道，"万一哪一天皇帝老子惦记起您来了，再度把您召回朝廷重用，我不就要遭受大权旁落的威胁吗？趁着皇帝对您有所顾忌之时，我伺机而动，神不知鬼不觉地把您给灭了，既为自己的前途扫清障碍，也为皇帝老子解除心病，何乐而不为？要怪也只怪您功高震主啊！"

刘基听罢，不由得老泪纵横。

——无妄之灾有时候就源于威望与才华。

◀ 曹操的苦恼

阎王殿里，大大小小的鬼们都在指责曹操，说他不该讲出一些浊化社会风气的话……

曹操兀自纳闷，暗自嘀咕着："我只是说过'量小非君子，无度不丈夫'的话，怎么到了人们的口里就成了'量小非君子，无毒不丈夫'了呢？"

"这不奇怪呀！"一旁的杨修接过话茬道，"想想您一手捣鼓出来的'鸡肋事件'，世人觉得您嫉贤妒才，借机杀害于我，会说出那样的话不也顺理成章的吗？更何况'无度'与'无毒'有谐音之实，而引发误会也是在所难免啊！"

曹操听罢，无助地低下了头。

——诚然，失德者易惹无妄之灾！

◀ 东施的困惑

"东施效颦"成了"不美反丑"的代名词，这让东施感到沮丧尴尬且愤愤不平："不是说'爱美之心，人皆有之'吗？为何我有爱美之举，反倒成了为人不屑的一大过错？"

"我只想了解一个问题。"西施说，"你为啥要学我蹙皱眉头呢？难道是你的身体不舒服，抑或心情烦躁？"

"都不是——因为人们觉得你蹙皱眉头的样子特美！"东施自鸣得意起来。

"不过，我要提醒你的是，任何的矫揉造作都与美无缘啊！你是你，我是我。当你否定了自己去模仿他人的时候，就意味着与美是背道而驰了……"

东施听了，顿时无语。

——以牺牲自我为代价的美，必如枯萎堕尘的玫瑰失却活力与芬芳！

◀ 乾隆的悲诉

在子虚乌有国里，清朝的乾隆皇帝邂逅了三国时期的蜀主刘备，悲愤地说："这世道真是不公平啊！"

"怎么听得我一头雾水的，此话怎讲？"刘备困惑地问道。

"事实不是明摆着的吗？"乾隆喋喋不休地嚷开了，"我一生写过数以万计的诗作。可到头来无人问津懒得理睬。而您呢？仅说一句格言而已，就家喻户晓妇孺皆知。这'勿以善小而不为，勿以恶小而为之'的话不也很普通寻常的吗？"

"您错了！"刘备答曰，"您的诗作虽多，几乎都是华而不实无病呻吟；而我的处世格言则是有感而发发自肺腑，能启智润德，岂是您的平庸之作可以比拟的？"

乾隆听罢，默然不知所对！

——被记住的总是深入人心的实惠，而非虚无缥缈的幻象！

◀ 马援的告诫

小时候的马援与常人无异，他很羡慕自己的同学朱勃。因为朱勃鹤立鸡群，年方十三，能口诵诗书，举止娴雅，学识渊博。马援见了朱勃，很是惭愧："为何我远不如你呀？"朱勃得意扬扬地回答："也许是我的遗传基因比你的优越吧。"

马援回家后，问他的哥哥："我有什么办法能超越朱勃呢？"

"不自暴自弃，然后发奋努力呗。"

哥哥给出的建议让马援有了前行的方向。

长大后的马援竟摇身一变，成了东汉时期赫赫有名的一代大将。

一天，骑着高头大马的马援意外地遇到了走在街上的朱勃，便勒马问道："老同学啊，我的遗传基因不如你的优越，为何我也能成就一番功业呢？"

朱勃听了，红着脸回答："那是由于您的八字长得比我的好哩！"

"不！实话告诉你——我能成就一番功业，靠的不是八字长得好，而是后天的努力。早慧不为喜，晚成亦足夸！一个人能否有所作为，遗传基因是起不了多大作用的，关键却在于自身不逃避于淬砺与磨炼！"

◀ 示叶降同僚

箬叶是包粽子的必备材料，而它是从箬竹身上长出来的。箬竹又名弱竹，长得并不挺拔，仅五六尺高而已。倘使与毛竹比较，就类似于侏儒见巨人，不屑一提。

一次，浙江温州籍的张阁老与江西的一位同僚在比说竹子高矮时都嚷着自己家乡的竹子长得比对方的要高大，争得不可开交。张阁老见自己一时说服不了同僚，便急中生智地从篮兜里抽出一片箬叶，说："这么大的叶子，你敢说它是从矮竹上长出来的吗？你应该见过毛竹的叶子，比这不是小得多吗？"

江西同僚看了一下箬叶，便心生怯意，默然无语了。因为他压根儿不知道阔大的箬叶是从矮小的箬竹上长出来的，他只晓得毛竹的叶子远比这箬叶小得多！

——有时候，某些人总是会被眼前看到的东西所蒙蔽，从而作出一叶障目的判断，差之毫厘谬以千里！

◀ 陈平吐隐衷

阴曹地府里，阎王以鄙夷不屑的语气对汉史上颇负盛名的陈平说："虽然刘邦刮目相看于你，而我一点也不欣赏于你。为啥呢？你这个人太过现实了，居然凭着迎娶一个寡妇成为进身之阶。你不是长得很帅吗？娶个寡妇为妻就不怕不被小瞧？如果你是靠着自己的真才实学图谋翻身逆袭，我是不会介意的。你既是一表人才，也有经天纬地的大能耐，偏偏是……"

陈平听了，不以为然地反驳道："您说的不全然是对的。个中滋味只有我心里清楚。身在贫寒之家，父母又早亡。兄长怜惜我，让我在家苦读，以期能有出息。怎奈引发邻里闲话，误以为我有欺兄盗嫂之恶行，逼得兄长急于休妻平息事态，这才使我出此一策洗脱自身嫌疑。再说了，人向高处走水往低处流，乃人之常情无可厚非。她家祖父是个有威望之人，我唯有仰仗他的扶助提携才能有机会出人头地啊！所以，我觉得娶个寡妇为妻并不是一件羞耻的事情。至于刘邦倚重于我，也是事出有因的——毕竟我寒窗苦读，又知发愤图强，自然是胸有韬略腹有智谋。对于一个天纵奇才者，被青睐不也是顺理成章的吗？"

阎王被陈平侃侃而谈驳问得无语以对了。

——以流俗的目光看待问题，往往能发掘出潜伏在事物背后的许多隐情！

◀ "鸡"励斗志

晋代的一只公鸡为了考验祖逖和刘琨，竟在半夜里引颈高啼……

共榻抵足而眠的祖逖和刘琨都感到诧异极了。刘琨说："半夜鸡啼，恐非吉兆也。"祖逖却持不同观点："它是在激励我们的斗志呢。你试想一下吧，我们西晋皇族内部互相倾轧，争权夺利的，导致了各少数民族的首领乘机起兵作乱，国家安全受到了严重的威胁。而你我身为七尺血性男儿，岂能无动于衷坐视不管？叱咤沙场报效国家的机会来了，你我都得闻鸡起舞练好剑法……"

就这样，"鸡"励斗志，他们跃床而起切磋剑艺，不管风吹雨打，也不管春夏秋冬，从不停辍。后来，他们都成为西晋王朝的中流砥柱，祖逖被封为镇西大将军，刘琨被封为都督，兼管并、冀、幽三州军事，也充分发挥了他的文才武略。

——自重，是让生命发光的源泉！

◀ 姜子牙的抱负

阴曹地府里，阎王生气地对姜子牙说："以你一大把的年纪还无钩垂钓于渭水之滨，岂不有野心勃勃之嫌？"

"不可以这么说我！"姜子牙委屈地嚷了起来，"若是我自甘凡庸，不无钩垂钓于渭水之滨，又如何能遇上周文王，并引发他的关注进而来实施我的抱负呀？试想一下，老骥伏枥是一件多么痛苦的事情。更何况，我的大半生一直碌碌无为，八十多个春秋已被耗损掉了，再不把握机遇，这一辈子还有翻身的日子吗？所以，我虽处于颐养天年之际，却以积极入世的心态虔诚地无钩垂钓于渭水之滨，实则是不得已而为之啊！"

阁王听了，立时无语了。

——对于珍惜机会而老有所为之人，我们理应报以尊重与钦佩。

◀ 曹雪芹的感悟

阴曹地府里，阁王问曹雪芹："您生前穷困潦倒，备受冷落。而您写就的《红楼梦》被后世追捧不已，成为中国古典四大名著之一，对此，您有何感想呢？"

曹雪芹沉吟良久，回答道："毕竟理想与现实总是存在一定的距离，一时间难以逾越。纵使你有天大的才气，如果没有天时地利之便，也只能默然承受！"

阁王立时无语了。

——明智者善于降低对成功的心理预防，所以才不会徒受煎熬；有时候一时看不到的成功未必代表它是永远不会被发掘的！

◀ 汉武帝的感悟

汉武帝喜好辞赋。每次出行获得奇兽异珍，必会让司马相如作赋。他自己也没闲着，一向是落笔成篇，不曾有过精心构思。而司马相如与之截然不同，写赋时总是一边咬着笔杆，一边苦思冥想，往往是写成一篇文章会咬坏数支笔。

结果又如何呢？读者们对司马相如写的东西颇感兴趣，却不愿读汉武帝的辞赋。汉武帝为此纳闷不已，便问司马相如："为何读者对我的辞赋总是不屑一顾呢？"

"这恐怕是出于急就无佳章的缘故吧。"司马相如分析道，"为了构思好一篇辞赋，我可是搜尽枯肠绞尽脑汁啊！"

汉武帝听罢，似有所悟道："看来坏笔成文是有一定道理的……"

的确，做事只有沉潜下去专注投入，才能收获到成功的喜悦！

◀ 李自成的困惑

幽冥城里，李自成见到了心仪已久的明朝开国皇帝朱元璋，低眉作揖恭肃沉声地请教道："前辈，晚辈有一事不明，诚望指点迷津。晚辈自忖出身家境不比前辈的差，受民众的欢迎程度更不比前辈的低。为何最终前辈成功而晚辈却失败了呢？"

"这……我可以给你以明确的答复。"朱元璋稍一愣怔，便笑着回应，"应该是你属下缺乏谋士猛将所致吧！"

"不对！虽然晚辈的部下没有出色的谋士猛将，可结果不也是攻下北京城了吗？"李自成的眼神里流露出一抹得意的光波。

"那就是你的属下品行有问题，没有纲纪与法度。在江山根基并不稳固的前提下，就急于贪图享乐！"朱元璋试着分析道。

这一语中的的话让李自成默然无语了。

——的确，成功的背后需要的是清醒与睿智，而不是盲目与浮躁！

◀ 王阳明的哲学

子虚乌有国里，经验大师对王阳明说："做人要想成功，最关键的是有人脉与金钱，您觉得是不是这个道理呢？"

"不！"王阳明否决道，"以我的经历实践证明，做人要想成功，拥有人脉与金钱只是其次，更重要的是有豁达乐观的品性，在困难面前不气馁，能越挫越奋，并懂得静时存养、动时省察！"

经验大师听了，反倒一愣，许久才明白过来。

——诚然，真正的强大往往取决于内心力量的充盈，而不全是外部资源的富足！

◀ 唐太宗的遗憾

阎王一见到唐太宗李世民，便以赞赏的语气对他说："在您的政治生涯里，贞观之治可谓是一大亮点，被史学家推崇不已。请问您是如何将这亮点给擦拭出来的？"

"因为我有君舟民水的观念啊！"李世民自豪地回答。

"那么，您为何会有君舟民水的思想观念呢？"阎王继续追问。

"因为我知道君王如舟，黎民为水。水，既可载舟亦可覆舟啊！"李世民笑着解释道。

"您有如此的政治眼光与头脑，难怪会被后世人所称道。"阎王高兴地嚷了起来，"这一生应该没啥遗憾了吧？"

"怎么会没遗憾呢？"李世民感慨地说，"若是您能给我再增寿延年些，我岂不有更大的作为了？"

"虽说我没给您再延年增寿，可事实上您唯才是用从谏如流的做法不就一直活在史册之中吗？"阎王温言提醒道。

李世民无语以对了！

——知足常乐的设想总是被欲望萌动的诱惑轻易地否决掉！

◀ 茹太素陈冤情

茹太素在阎王跟前状告生前的朱元璋对其处罚过于严苛，导致他事后每天都战战兢兢如履薄冰地过日子。

阎王好奇之下，追问是啥根由。茹太素悲切语噎地说出了真相。

原来，是朱元璋嫌他在洋洋万言的奏疏里没有切中要害地论事，而是虚张声势哗众取宠地渲染，不着边际拖泥带水地赘述……于是，痛斥之余，还下旨施以五十大板的重创厉惩！

阎王听了，问道："朱元璋的想法是否也是你的心语呢？"

"不！"茹太素辩解道，"我觉得如果只用两三百字就把奏疏的内容交代得清清楚楚，未免很不过瘾，更显示不了奏疏的技巧水平。于是，老朽绞尽脑汁地想对策，挖空心思地来铺陈，东拉西扯地凑字数，终于让短话长说，简事繁言，演绎成一篇洋洋万言的奏对上疏。哪知会落得个吃力不讨好的下场？"

"听你这么一说，我觉得你是咎由自取。"阎王直言不讳道，"作为一国之君，朱元璋是日理万机的，他哪有闲工夫读你废话连篇的奏疏？赏你五十大板已算是够给面子够仁慈的了。我琢磨着他是念你一大把年纪，怕禁不起捶打啊！"

茹太素立时陷入了沉思。

——情商低下者，只配做糊涂虫一条！

◀ 屈原与范仲淹

在太虚幻境里，屈原与范仲淹不期而遇了。

一见面，屈原便对范仲淹说："一提起我，人们就会吟诵'路漫漫其修远兮，吾将上下而求索'的诗句呢！"

"我也有同感，"范仲淹回答道，"一说到我，人们就会联想到'先天下之忧而忧，后天下之乐而乐'的警句啊！"

听了范仲淹的话，屈原问："那咱俩谁更胜一筹呀？"

"我觉得平分秋色罢了！"范仲淹沉吟片刻，头头是道地分析着，"论在追求真理方面，您比我做得更出色；而论在锤炼品质方面，我绝对不会逊色于您！"

屈原对此，深以为然地表示赞同。

——恰如其分的评价往往能抑灭好胜逞强的欲念！

◀ 伊索与拉封丹

伊索的寓言享誉世界，拉·封丹的寓言诗风靡全球，势均力敌的他们就这样毫无悬念地展开了一场对话。

穿越时空的隧道，伊索见到了拉·封丹，直言不讳地说："在寓言界，您受我的影响应该算是最大的，因为我写的寓言角色或故事情节几乎都可以从您的寓言诗里找出相关的蛛丝马迹。按理说您不可能有这么大的出息，为何偏偏是这些东西让您有非凡的成就呢？我真是百思不得其解啊！"

拉·封丹沉思良久，答曰："也许是我精雕细琢的加工所致吧。我的寓言诗虽然借用了您的不少寓言角色或故事情节，但删除了冗赘部位，使语句变得流畅起来。同时淡化了您一贯倚重的道德训诫，加入了一些扣人心弦的画面与细节，从而使人人皆知的寓意变得陌生新奇。这样一来，就有更多的读者认可我了！"

听了拉·封丹的一席话，伊索不由得陷入了沉思。

——在循旧或承袭中进行改造或创新，亦不失为一种成功之道！

◀ 屈原与白居易

屈原邂逅了白居易，在悲叹："虽然我写的《离骚》颇负盛名，而世上又有几人会背？反而是你的'野火烧不尽，春风吹又生'的诗句，连3岁小孩也能张口就来！"

"是啊！"白居易略带羞涩地回答："我觉得写诗不取决于深奥，而是讲究深刻！"

屈原立时无语了。

——只要方向不迷失，办事就能易于成功！

◀ 林则徐与于谦

在太虚幻境里，清朝的林则徐见到了明朝的于谦，便开启了一场独有的对话。

林则徐一脸恭肃地对于谦说："于前辈不畏强权，一身傲骨，委实乃吾辈之楷模也。每每念及前辈《石灰吟》里'粉骨碎身浑不怕，要留清白在人间'的诗句，晚辈总是心潮澎湃热血沸腾啊！"

"老朽也深有同感，毕竟诗能抒怀言志！"于谦接过话茬回应道，"每每吟起后生您的'苟利国家生死以，岂因祸福避趋之'警语，老朽的眼前就会浮现出一个傲骨铮铮顶天立地的人物形象矣！"

"遗憾的是前辈与晚生皆有不得'善终'的事实，前辈比晚生更惨。晚生只是被罢免官职而已，而前辈却被腰斩于市，实在令人唏嘘不已！"林则徐忽来一声长叹。

"不必为此耿耿于怀！"于谦安慰曰，"后生与老朽不是一直活在后世人的心中流芳千古的吗？难道还有比这更荣耀的待遇吗？"

林则徐听了于谦的话，很快就释然了。

——的确，豁达的胸襟往往就是成全英雄根植最深厚的基因！

◀ 张仲景与扁鹊

太虚幻境里，两大名医不期而遇。

张仲景见到了扁鹊，不解地问："我的成就并不比你低，为何名声反倒不如你响亮呢？"

"这有啥奇怪呀？"扁鹊哈哈一笑道，"因为你与我治病的对象不同。你治的是一些默默无闻的平民百姓，而我治的是赫赫有名的国之政要，不可同日而语也！更何况，《扁鹊治病》被选入语文课本后，传播之广影响力之大，岂是你张仲景能相比的？再者，后世人还从我给蔡桓公治病的故事里提炼出'讳疾忌医'、'防微杜渐'的两个成语来启迪自己……"

张仲景一听，唯有摇头叹息。

——有时候有否实力不是重点，可能否抓住好机遇才是关键！

◀ 武则天与嬴政

在乌托邦冥想国里，女神武则天见到了男神嬴政，不解地问："您与我都做了史无前例的大皇帝，风光无比，论贡献也可谓不少啊。可为何在史学家的眼里都不如汉光武帝刘秀或隋文帝杨坚那样完美无瑕呢？"

"也许是他们的治国理念中比我们多了些仁德之术吧！"嬴政揣度着回答。

"没有铁腕政令，没有硬派作风，治国岂不是很危险呀？"武则天又提出了埋在心底深处的另一个疑虑。

"铁腕政令或硬派作风固然重要，但能融入了仁德之术，自然也就无可挑剔了，那叫刚柔相济呀。可惜我与你比他们都少走了这一步棋啊！"

"如果像您说的那样，我也就不感到遗憾了，反倒安慰了许多。"

"此话怎讲？"嬴政颇为吃惊地问道。

"我虽然没有去学汉光武帝刘秀或隋文帝杨坚治国时那辅以仁德的艺术，但您不也是无视于尧舜般的体恤民情了吗？"

嬴政一听，不禁暴跳如雷地驳斥着："大胆狂徒，步我后尘，竟敢自夸。不都说'前车之鉴''后事之师'的吗？由此看来，你委实比我更蠢更笨喽！"

武则天顿时理屈词穷，悄然而遁。

——强权霸气难以服人，而唯有敢于担当才是硬道理啊！

◀ 朱元璋与雍正

在乌托邦冥想国里，心高气傲的朱元璋见到了素以心狠手辣闻名的雍正说："后生可畏啊，传闻您以5年的时间把朝廷治理得无官不清，而我耗用了几乎是半辈子的心血，30年来一直在惩治官员腐败，结果换来的还是无官不贪。您委实让我汗颜，也令我钦佩。不知您有何妙招？能否赐教一二？"

"前辈此话，晚生实不敢当也！您是治贪高手，惩污能者，史书都有记载。再说了，只有古为今用，没有今为古用。晚生若是班门弄斧，岂不贻笑大方？"雍正很有礼貌地拒绝了朱元璋的要求。

可朱元璋态度诚恳地再三请教，雍正也不好意思驳其面子，语气有些不自然地说："见笑了，那我就谈谈自己的浅陋之见吧。两个字概括，就是'狠辣'，八个字概括，就是'除恶务尽绝不姑息'！"

"请您详示，为我指点迷津，我要的不是泛泛之言！"朱元璋的语气里流露着渴望的意味，雍正听了，不由得怦然心动。

"折煞晚生了。那就让晚生禀明自己的做法——我一旦发现贪污，就直接给其罢官；罢官后便要索赔，且必须全部吐出，不留一文；甚至下令抄家，就连亲戚也不放过，凡属赃款悉缴国库，若贪官死，则索赔的金额落其子孙头上。虽然显得过于狠辣，但效果还算不错的。其实，我也是从您的身上学到了不少，对腐败的痛恨比您更强烈，所以像您一样的前人的教训或经验也就成了我的借鉴与参考了。"雍正淡淡然地回答着。

听了雍正的一番话，朱元璋不由得嗟叹道："'听君一席话，胜读十年书'，我自惭形秽，算是小巫见大巫了。您的确不是浪得虚名，而是青出于蓝而胜于蓝，我不佩服也不行啊！"

受益匪浅的朱元璋立时彻悟了。

——根除后患，定在重锤；决心再大，如果没有切实不误的实施措施，对解决问题势必也是无助无补的！

◀ 李清照与项羽

宋朝的著名女词人李清照曾为西楚霸王项羽写过一首流传千古的小诗："生当作人杰，死亦为鬼雄。至今思项羽，不肯过江东！"豪迈之气洋溢在字里行间，使项羽的本来形象愈发高大！

在乌托邦的冥想殿里，威猛的项羽见到了靓丽的李清照，不解地说："我乃一介武夫，失败之徒，得蒙您的青睐，写诗赞誉，委实荣幸之至，也感激不已。而据鄙人所知，您不曾为我的对手刘邦写过片言只语给予歌颂，他可是成功之士啊！这是为什么呢？"

"除了机缘巧合境遇使然之外，"李清照回答，"当然，最为关键的因素就是我钦佩您的人格魅力。"

"我有啥人格魅力呢？"项羽听了，感到意外与惊讶，忍不住追问道。

"虞姬甘为您殉情，这不是有口皆碑的吗？"李清照解释着，"您的人格魅力显然不止于此，更重要的是您有担当，有骨气。这是国家危难时刻或动荡时代最需要坚守的品质，您完全做到了，我能不为您引吭高歌吗？"

项羽默然了。

——失败并不可怕，可怕的是做人没有向善大写的灵魂！

◀ 刘秀与阴丽华

刘秀是东汉开国皇帝，史称明君。他与阴丽华的结合，在外人看来是一桩毫无瑕疵非常满意的婚姻，被传为佳话流播于世。可阴丽华似乎总觉得有些欠缺或遗憾，所以便有了阴曹地府里的一番追忆式的对话。

阴丽华问刘秀："常言道，作为皇帝都是后宫三千佳丽宠一身的。夫君陛下最爱的是谁呢？"

"自然是我的首任结发妻子你阴丽华啊！"刘秀脱口而出。

"贱妾实不敢当也，在贫贱夫妻百事哀的时候，陛下或许最爱的是贱妾。不过，随着境遇的不同，贱妾就没有这样的福分了。"阴丽华用意味深长的口气予以回答："如果陛下最爱的是贱妾，当贱妾让皇后位给郭圣通的时候，为何您不是皱一下眉头却乐得顺水推舟呢？"

"那是你深明大义嘛！"刘秀装出动情的样子，"一场政治联姻，我是迫不得已哦。也多亏你以牺牲自己的利益换来后宫的安宁，你顾全大局的品行我一直记挂在心，故而，郭皇后一去世，我不就立即让你补缺了吗？"

"不对！"阴丽华说，"陛下最爱的不是贱妾，也不是郭圣通，而是您自己！"

阴丽华一针见血的话让刘秀芒刺在背深感内疚，他嗟叹道："知我者，阴丽华也！"

——不少真相往往是在深究之下才得以水落石出的！

◆ 曹冲与司马光

三国时期的曹冲穿越时空的隧道，见到了宋朝的司马光。两位神童的碰面究竟会擦出怎样的思维火花呢？

曹冲笑着对司马光说："如果你和我比聪明，谁会拔得头筹？"

"我怎么敢与您同日而语呀？"司马光一脸谦虚地回答，"我破瓮，只是一个急中生智的举动；而您称象就不可小觑了，如果没有洞察事物的眼光、没有缜密判断的思维与由此及彼的联想，没有睿智解决问题的能力，岂能把大象的重量称出来？这样一比较，孰优孰劣不是很明显的吗？"

"承蒙谬奖，愧不敢当啊！"曹冲转换着话题说，"你救的是人，而我称的象，自然不能相提并论的！"

"前辈如此看重晚生，令晚生汗颜不已！"司马光也变得客气起来。

——强强交流沟通，往往是品行与禀性的展现！

◆ 陈寿与罗贯中

阎王殿里，撰写《三国志》的史学家陈寿状告撰写《三国演义》的小说家罗贯中沽名钓誉。

阎王吃惊之余，觉得莫名其妙："罗贯中怎么就沽名钓誉了呢？他撰写的《三国演义》现在荣膺四大名著之一，具有极高的文学水平和艺术成就！是你心生妒忌了吧？"

"什么心生妒忌？"陈寿不服气地说，"他大胆放肆地把那些子虚乌有的情节编到故事里头，哗众取宠，有违事实！这是任何一名有良知的史学家都无法接受的……"

"你是公认的一代良史，所撰写的《三国志》虽然阅读者较少，却是二十四史之一，也是公认的正史。"阎王回答说，"但你不能因此而贬低罗贯中啊！要知道，他的作品迎合了大众的口味，所以，读他作品的人要比读你的作品的人更多……"

陈寿听了，陷入沉思。

◀ 辛弃疾与蔡京

南宋将领辛弃疾去世后，在地府遇到北宋权相蔡京。

蔡京不无得意地对辛弃疾说："我打听过了，我的书法市场价要比你高出几百倍呢！"

辛弃疾淡然答道："这是意料中的事，不足为怪——因为你的地位是那么显赫，身份是那么尊贵！"

八百年后，蔡京的书法与辛弃疾的书法同时在拍卖场上待价而沽。拍卖开始了，蔡京的书法叫价一直无人理会；而辛弃疾的书法叫价却一路飙升。

消息传到地府后，蔡京愤愤不平地对辛弃疾说："想当初，我的墨宝独步天下、千金难求，如今怎么反而变得不值钱了呢？反观你的书法，原本少人问津，如今竟然变得洛阳纸贵！"

"这很简单。"辛弃疾笑道，"因为公道自在人心——我在世时精忠报国，而你在世时却祸国殃民！如今你的书法变得不值钱了，也正好说明了这样一个道理：德之不存，名必臭矣。"

听罢此言，蔡京无言以对。

◀ 司马光与王戎

王戎与司马光都是历史人物，都有着惊人不俗的表现而载誉千秋。

穿越时光的隧道，司马光与王戎邂逅。一见面，司马光就以崇拜的口气对王戎说："久仰大名，今日得见，真是三生有幸。您不取道边李的故事到处流播妇孺皆知，羡煞我也。我虽然有过破瓮救人的案例，那是急中生智使然，不像您长就了一双慧眼……"

"您太抬举我了。论厉害，您是千百倍于我啊！您破瓮救人可是头等大事，不是说'救人一命，胜造七级浮屠'的吗？至于我做的事是微不足道的，仅能做到不让我的伙伴们不尝一次苦李而已。若是有人怀疑我口是心非，大不了也只是自己吞尝苦果罢了。哪像您一举手就干出了一件惊天动地的大事，我得好好向您学习才是。"

王戎的侃侃而谈，让司马光灵光一现，顿时有了更深入的想法。

他笑着对王戎说："您与我都执着于世俗之见，毫无睿智可言。您不取道边李，我破瓮救人，表面上都是借助智慧完美地解决难题。但细忖之下，更为关键的是你我彼此都有一颗与人为善的心啊。"

王戎听了，深以为然地点了点头："的确，我们为人称道之处不在于长有一双慧眼或具有一种智慧，而是对身边之人的关注与关切，在道德的引领下破解了生活中遇到的难题。可见，有生活的热情多么重要，它能让我们学会观察学会思考学会仁爱……"

——唯独心有所属者，才能生发奇迹！

◀ 慈禧与武则天

在阴曹地府里，慈禧太后见到了她心仪已久的中国历史上唯一被公认的女皇帝武则天，十分虔诚而又崇拜地说："我像您一样也能治理国家，令群臣顺服。可为何过度挑剔的史学家们总是把我损毁得一无是处，而对您的评价一向褒多于贬呢？"

武则天瞥了慈禧太后一眼，严肃地回答道："'公道自在人心'——你之所以会遗臭万年，就在于你总是只图个人享乐，且自私自利中饱私囊，全然不顾国之大事，竟然冒天下之大不韪地克扣军费为自己办寿诞，真是伤天害理啊。而我跟你不一样，虽然生活作风上也有很大的问题，但绝不会无视于百姓的疾苦，向来都是把百姓的利益牵挂于心时时不忘……"

慈禧太后一听，不禁尴尬地低下了原本高高昂起的那颗头颅。

——自贱者必然为他人所不屑，信哉！

◀ 黄巢与武则天

在太虚幻境里，黄巢吟诵着自己的诗作《不第后赋菊》——待到秋来九月八，我花开后百花杀。冲天香阵透长安，满城尽带黄金甲。

武则天见状，笑着说："听这口气不小，看来你是个很自负的人吧？"

"跟您一比较，我可逊色得多了！"黄巢回应道。

武则天兀自一愣，问："此话何意？"

"您写的《腊日宣诏幸上苑》一诗，口气不是比我更狂吗？"

武则天低声吟诵着自己的诗作——"明朝游上苑，火急报春知。花须连夜发，莫待晓风吹"，隐约间，她觉得自己写下的诗作口气确实要比黄巢的更凌厉更强烈，不由得惴惴不安起来了，喃喃自语道："我怎么到现在才发现自个儿也是个狠角色啊！"

——易于发现他人缺陷者，未必就能明了自身也有的瑕疵。

◀ 杨玉环与安禄山

阴曹地府里，安禄山再次见到杨玉环，一脸得意地问："你可知老夫年纪比你高出许多，却要拜你为干娘的意图所在吗？"

"自然想逗我开心呗！"杨玉环不假思索地回答。

"你错了，"安禄山直言不讳地说，"我向你表愚忠，意在解除唐玄宗对我的警戒防备之心，以便起兵造反，实现我的称帝梦想！"

"原来你是包藏祸心，亏我还在玄宗面前不住地美言于你，看来我是瞎了眼啊！"

"你现在才明白过来，不是太晚了吗？"

想到自己最终被唐玄宗赐白绫自缢，杨玉环真是恨透了安禄山，但也无济于事了。

她不禁悲叹道："有时候悲剧的产出就源于盲目信任！"

◀ 吴敬梓与蒲松龄

太虚幻境里，吴敬梓遇上了蒲松龄，说："你与我用不同的风格写不同的题材，最终竟能殊途同归地享誉后世。这是为什么？"

"虽然我写的是鬼怪故事，你写的是儒林故事，但都是以犀利的笔触，揭露或讽刺了社会制度的腐朽不堪，可谓有异曲同工之妙。"蒲松龄回答道，"最重要的是我们的作品能引发读者的共鸣……"

吴敬梓听了，遂有醍醐灌顶的油然萌动。

——的确，不同的经营也有可能会获得相同的回报。

◀ 陈正之与曾国藩

宋朝的学者陈正之穿越时空的隧道，见到了清朝的名人曾国藩，说："您与我都是先天条件不足者，都是小时候读上百次背诵不了一篇文章的笨孩子，为何却都成了被后世人津津乐道的楷模呢？"

"因为您与我都明白'勤能补拙'的道理，再通过不懈的刻苦努力来弥补先天的不足，所以都终成大器啊！"曾国藩脱口而出地予以回答，"倘使我与您都没有发愤图强的决心和艰苦奋斗的实践，又何以能成为后世景仰的对象？！"

陈正之听罢，深以为然地点了点头。

——诚然，笨拙并不可怕，可怕的是在自我放弃或妄自菲薄！

◀ 李商隐与武则天

"何当共剪西窗烛，却话巴山夜雨时""身无彩凤双飞翼，心有灵犀一点通"，这些脍炙人口的诗句都出自李商隐之手，李商隐无疑是创作情诗行业里头的一大高手。

然而有一天，当他拜读了武则天的题为《如意娘》的诗作后，嗟叹道："这才是一位擅长写情诗的高手，文笔之细腻，布局之精妙，实乃令我汗颜也。"

"看朱成碧思纷纷，憔悴支离为忆君。不信比来长下泪，开箱验取石榴裙。"李商隐反复地揣摩着诗句的意思，觉得武则天的诗作真是滴水不漏无懈可击啊！

日有所思夜有所梦。就这样，李商隐进入太虚幻境，见到了不怒自威的武则天，俯首作揖，肃然起敬地表白着："世传我是创作情诗行业里头的高手，可跟您一比较，真是相形见绌愧不敢当呀。您的诗作里不仅再现了如意娘形象生动的生活细节，而且给后世人留下了'看朱成碧'的成语，委实不简单！"

"过奖了！"武则天不露声色地回答，"你比我更厉害，'何当共剪西窗烛，却话巴山夜雨时'，与我的'不信比来长下泪，开箱验取石榴裙'不同样有画面感吗？不同样是情趣盎然吗？至于说到给后世人留下成语，你的'心有灵犀一点通'不也是很著名的吗？"

——的确，惺惺相惜向来都是有才者的一大通识！

◀ 明三帝与夏元吉

理财高手夏元吉为永乐盛世与仁宣之治立下了汗马功劳，因而备受史学家的赞赏。

幽冥城里，明三帝朱棣、朱高炽、朱瞻基与夏元吉不期而遇，便顺理成章地开启了一场追忆式的回顾。

首先开腔的永乐大帝朱棣，他用愧疚的语气对夏元吉说：
"夏爱卿啊，朕思来想去总觉得有负于您，很是后悔。要不是
朕下旨将您送进监狱，您一定会为我大明朝作出更多更大的贡
献……"

"陛下无须细诉，微臣明白您的苦衷。"夏元吉心领神会地回
答道，"为了扩大国家版图，陛下要率兵亲征，微臣却不识抬举
地予以阻拦，自然会引发陛下的不满。可微臣的确是出于为社稷
着想的，曾提议过陛下裁减朝廷冗员节省支出、体恤民情免除灾
区赋税、鼓励军队开荒种粮……陛下不都是一一采纳了吗？这都
是些得民心工程啊！也可以看出陛下对微臣的信任无以复加，微
臣是时刻铭记在心呢。但微臣总不能眼睁睁地看着陛下把辛辛苦
苦积聚起来的财富徒然耗损掉吧？！"

"爱卿为国事殚精竭虑，朕哪有不感激之理？只是碍于面子
不说罢了。夏爱卿是我大明朝的中流砥柱，朕开创的永乐盛世有
您一半的功劳。可朕明知爱卿有冤屈，还是让爱卿遭受牢狱之
灾，如今想来，愈发惴惴不安啊。"

这下，明仁宗朱高炽与明宣宗朱瞻基接过话茬说："您不仅
为开创永乐盛世贡献至伟，也为我们的仁宣之治立下不朽功勋
呢！"

夏元吉听了，回禀道："二帝对微臣更是一向不薄，微臣不
肝脑涂地能说得过去吗？"

咀嚼着明三帝的由衷表白，夏元吉觉得自己再也无丝毫的遗
憾了。

——人生总是在推心置腹中灵犀相通情趣盎然。

◀ 蜀后主与阎罗王

后主刘禅因"乐不思蜀"而遭受后世鄙薄。他死后，阎王却以礼相待……

刘禅疑惑不解地说："我乃亡国之君，承蒙不弃，已是荣幸之至。今被尊为上宾，实属愧不敢当也！"

阎王笑道："谦谦君子啊，若非您大智若愚，又焉能享有寿终正寝之福？您能屈能伸，才是真正的智者也！"

刘禅紧蹙的眉头终于舒展开来，因为他遇到了知音！

◀ 杨玉环与赵飞燕

穿越时空的隧道，肥胖的杨玉环见到了纤瘦的赵飞燕，以既惊讶又怜悯的口吻说："你这般弱不禁风的身子骨，凭什么也能博取帝王的眼球呀？"

惺惺作态与讥讽之意不言而喻。赵飞燕听了，自然不悦。她忍不住还击道："你这堆臃肿不堪的走肉，恃靠什么而猎取圣皇的独宠专爱呢？"

双方剑拔弩张地对峙着。这时候，时间老人发话了："甭争嘛！'环肥燕瘦'，各有千秋。由于各时期人们的审美眼光不同，标准显然也不一样。有人崇拜雍容华贵，也有人追求婀娜娉婷……'己所不欲勿施于人'也。"

听了时间老人的劝解，杨玉环与赵飞燕都无语以驳。

——世态总是因人而异地存在，衡量的尺度必然也就难以强求统一！

◀ 留梦炎与文天祥

留梦炎与文天祥都是南宋时期的状元。由于他们的人生观与价值观截然不同，所以才有了一个遗臭万年一个流芳百世的定论与事实。

在乌托邦的冥想殿里，形容憔悴的留梦炎见到了一身正气的文天祥。他怯生生地说："老弟，我有一事不解，想请教于您，诚望不吝赐教。"

"您不是一向能察言观色见风使舵的吗？为何一见到我却自矮三分了呢？到底是什么事情让您为难了？说出来我听听！"文天祥揶揄道。

留梦炎不是傻子，自然听出弦外之音。不过，话已说了一半，他只得硬着头皮继续下去："老弟见笑了。我投靠元朝，人们纷纷指责我是大汉奸。难道'良禽择木而栖'也有错误吗？不都说'识时务者为俊杰'吗？不都说'大丈夫能屈能伸'吗？为何发生在我身上就要遭受唾骂了呢？我写的诗文应该不比您逊色啊，为何您的'人生自古谁无死，留取丹心照汗青'却妇孺皆知？我降元而不被元史所容，您抗元反倒载入元史，这是为什么呀？"

"难道您没听过邪不压正之说吗？"文天祥严肃地回答，"在国家危亡时刻，您躲起来，逃避责任，毫无担当。见元军势如破竹，就趁机投敌求荣，没有骨气，没有节操。像您这样的人不被唾骂或诟责才怪呢！对于一个没担当没骨气没节操的人，人们又怎么会愿意让其诗文传留于世呢？不知我的这些看法能否消除您的疑窦？"

留梦炎被文天祥的一番话说得连脖子根也红了，他忽有所悟地说："原来唯有德行才是人生最好的通行证啊！"

◀ 乾隆与汉高祖

在乌托邦的大殿里，乾隆皇帝不服气地汉高祖刘邦说："我一生写有万余首诗，成为多产之最；而您只是一首罢了。为何您写的一首流传千古，而我写的却无人问津呢？"

"我是偶尔为之，个性张扬自然流露；而您是刻意为之，无病呻吟弄巧成拙啊！"汉高祖刘邦直言不讳地予以解答。

"这样说来，我乃一无是处喽！"乾隆皇帝显得一脸沮丧。

"也不全然如此。它至少可以让写文章的人明白——文章的好坏不是以数量权衡，而是以质量裁决。功夫只有落在关键处，才不会奢谈收获！"

汉高祖刘邦的话让乾隆皇帝有了些许的安慰与深刻的启迪。

——成功的美妙有时候就取决于要言不烦大道至简，而非华丽有余朴实不足！

◀ 汉两帝与宋仁宗

后人对被史学家誉为"文景之治"与"仁宗盛治"两个时期特别喜欢作一番各方面的比较，而且结论无一例外的是老百姓的生活幸福指数在"文景之治"时期要比"仁宗盛治"时期高出许多。这让宋仁宗感到既委屈万分又不可思议。按理说，名义上的"盛治"显然会比"之治"更具规模也更见实效。可评价里的"仁宗盛治"反倒不如"文景之治"，自然是难圆其说了。

为此，因好奇心的驱使，宋仁宗忍不住穿越了时光的隧道去拜访汉文帝与汉景帝，意欲讨个说法。

宋仁宗见到了汉文帝与汉景帝，直言不讳地说："恕晚生冒昧，为有一事不明，特意过来向两位前辈讨教。据史学家分析，两位前辈与晚生治理的国家有三大相似之处——同拥有的疆域都不大；'盛世'持续的时间也相差无几；俱奉行着'无为而治'的方式管理天下。可晚生辞世后，不仅是老百姓披麻戴孝，消息传到辽国，那里还为晚生造庙供祭。虽然两位前辈驾鹤西去时，也是举国上下都在哀悼，可与晚生之哀荣一对照，无疑逊色多了！再说了，晚生执政年间，一大批的名流如雨后春笋般涌现，如包拯、韩琦、范仲淹、富弼、苏轼等。奇才天纵，何等风光。但后世之人为何无视于这些事实，偏说晚生的'仁宗盛治'不如两位前辈的'文景之治'理想呢？"

"老朽全然不知为何能获享如此殊荣……"汉文帝与汉景帝异口同声地回答道，"只知道身为一国之君就要为天下苍生谋求福祉，要不遗余力地让他们过上安居乐业的生活！另者，为培养后继之人时刻擦亮眼睛。最为关键的是为了提升综合国力，做到了兼顾文武不废农商，扎实有效地开展各大决策。"

听了汉文帝与汉景帝的表白，重文抑武的宋仁宗不由得心生内疚了，毕竟他给老百姓带来的富裕程度比不过"文景之治"所产生的福利丰厚啊。

——诚然，实据不因逞口舌之能而改变！

◀ 两帝合写一首诗

子虚乌有国里，宋朝的开国皇帝赵匡胤会晤了明朝的开国皇帝朱元璋。一见面，赵匡胤便以赞赏的语气对朱元璋说："真是相见恨晚啊！真是后生可畏啊！"

"谬奖矣，晚辈愧不敢当也！"朱元璋故作谦虚地回答。

"何必自谦！"赵匡胤和颜悦色地说，"听说你把我的半首诗作给续上了，我是激动万分也。想当年，我邀群臣赏月，一时兴起，脱口吟出了'未离海底千山墨，才到中天万国明'这两句诗，就不再有下文了，希望能激起连锁反应。哪知结果大失所望，因为群臣都不曾接招。而老朽又江郎才尽无法续作，致使它悬而未决，颇感遗憾。昨闻你竟然补写出了'恒持此志成永志，百战问鼎开太平'的诗句，实乃喜出望外，总算了却我的一桩心愿！"

朱元璋听罢，不禁有些羞涩地说："您是我心仪的前辈，写的诗句气势磅礴意境辽阔，无人能续也是可以理解的。晚辈虽然补上了后半首，却总觉得狗尾续貂不伦不类，有生硬之嫌，可谓是班门弄斧贻笑大方了。"

赵匡胤听了，笑道："你能懂我心思，已属不易。更何况境迁时移，还经历了四百年之久，才有续句，我是求之不得，还怎会嫌弃或妄加评议呀？"

朱元璋无语了。

——没有揭穿不了的谜底，没有突破不了的瓶颈，只是时机未成熟罢了；有时候，静待花开或耐心等待恰恰是解决问题的最佳方案！

◀ 自讨没趣的蔡京

阎王殿里，蔡京叫屈地说自己写的字比苏轼写的字漂亮多了。并强烈呼吁阎王替他洗刷"冤情"！

阎王听罢，反问道："那么你写的字为啥得不到世人的认可呢？"

"因为他们嫌我的名声太臭了！"

"既然都已知道原因，为何还来求我呀？"

"我以为更换了个天地，也许评价的准则会有所变化。"

"你错了——无论阳间或阴间，轻才重德的评价准则都是保持着高度的一致，不让投机取巧者钻空子。所以，你也别痴心妄想能有个'翻案'的机会了！"阎王言正辞厉地作了回绝！

蔡京无语了。他后悔自己不能百世流芳地"活"在人们的心里。

◀ 秦大士巧答乾隆之问

乾隆皇帝看着监考官呈上来的拟录名单里有"秦大士"三字，便起了疑心，在殿试时直接问道："你是不是秦桧的后代呢？"

秦大士一听，不由得大吃一惊，暗忖道："若加否认，犯有欺君之罪；若不否认，也觉得不妥，毕竟秦桧臭名昭彰。该如何措辞呢？"

两难之际，他一时急中生智，予以应对曰："一朝天子一朝臣。"

这个答案出乎皇帝意料，却也让皇帝觉得很是受用。于是乾隆变得大度无比，不仅不再追究他出身来历，而且按呈报批下旨意准其为状元……

——智慧能化解灾难，信哉！

第二辑

生活启迪

◀ 试　探

校工会主席J正在灯下撰写报告，忽闻有客来访，急迎而出。

见一美眉携礼入门，不禁皱起眉头，问有何事，答曰："我乃贵校领导妻友也。经其推荐，意欲跟您做项交易。中秋将至，按惯例都是分发月饼的，鄙处……"

"我已与一糕店经理谈妥了！"美眉话音未落，J便摆着手说。

"那您就告知对方，迫于校长指令……"美眉一边眉飞色舞，一边揭开礼品盒，指着里头的月饼笑道，"价廉物美，不能错过啊！"

"毁约是背信弃义之举，我可做不出来！"J脸露不悦之色，淡然拒绝，"再说了，我发现您盒子里的月饼与那糕店的做个比较，愈显分量轻薄呢！"

"这一点，您不必担心，我会将少出的部分一次性补足，兑换成现金回馈于您当酬劳。据说贵校有数百职工，我是很想跟您长期合作的。"

美眉见J不为所动，急了，脱口而出："不都说'水清则无鱼''马无夜草不肥'吗……"

J一听，神色遽变，立下逐客令。

这时，只见美眉反倒笑靥如花："恭喜您，考核过关了。我是一名纪检干部，传闻您不近人情，看来果有其事也。"

J懵了，良久才醒悟过来！

◀ 出　错

一位年轻的妈妈带着她的孩子来到了一个水果店。水果店里的水果一应俱全。可孩子执意要买那些红皮圆形的荸荠。

荸荠听着孩子的嚷嚷，拒绝道："我不是水果，你不应该买我！"

"你怎么不会是水果呢？若不是水果，怎么会待在水果店里呀？"孩子在据理力争。

"不是水果难道就不能呆在水果店里吗？这一排排的架子你也敢说它们是水果？"荸荠笑着驳问。

"你有很多的汁水，这与苹果桃子梨等水果有着惊人的相似啊！"孩子试探着道出了自己已有的知识经验积淀。

"我的确不是水果！"荸荠焦急地分辩着，"因为水果都是花儿变成的果实；而我是植物的球茎呀！菜谱里有'荸荠炒肉片'的说法，难道还不足以证明我是地地道道的蔬菜吗？"

孩子听罢，顿时无语了。

——流于表象地去看待问题，往往会失却对本质上的深究或推断！

◀ 诱　惑

一对夫妻，男的好吃懒做，而女的特能干。久而久之，男的愈发窝囊了。

一日出去闲逛，突有豪华轿车朝他驶来。他不闪不躲，惹得司机吼道："你……你……你。就算活得不耐烦，也不该在大街上送命的！"

瞥见车里有貌美女子坐着，他才闪了一下。貌美女子见状，莞尔一笑，他的心顿时怦然一动："她对我有好感耶；否则怎会冲我一笑呢……"

回家后，他立马写了离婚协议书，对着正在屈身洗衣的妻说："快签了吧。"

女的站起身，把手放在围裙上擦了擦，接过后看了一眼，惊愕地说："你要跟我离婚？"

"是的，我要跟一位有钱的小姐结婚。"

妻子咬咬牙，在协议上签了字。

男的把房子留给了她，说是补偿，自己什么都不要就走了……

他向冲他一笑的那位有钱小姐求婚，结果却遭到对方的唾骂："癞蛤蟆想吃天鹅肉，做你的白日梦去吧！"

身无分文的他，没脸回去见曾经的结发妻，只好露宿街头，沦为乞丐！

◀ 一杯茶

一杯茶，在商家的眼里是"利"，而在儒家的眼里则成了"礼"。

"利"与"礼"有着天壤之别。

因此，茶不以为然地说："我只是一杯供人喝的有味道的水罢了，不像你们想象的那样复杂啊！"

"如果没有想象的加入，你的形象岂不是太单薄了而会大打折扣？"商家与儒家异口同声地回答。

——的确，有情感的生活才能让生命的内涵丰富起来！

◀ 真公仆

财政局下派L进某穷村担任"第一书记"。不到一年光景，村貌焕然一新。

L到任时，便召集村"两委"商讨，开口就说："从今起，我是村里人了！"

之后，展开调研。写送立项审批报告，争取工程资金落实。

台风压境，他不辍督工。适值其儿住院，也顾不得陪护。村民们为之感动不已。

过年了，他走访贫困户，还自掏腰包以慰问。

挂职期满，L回原单位荣升一级。

现今，村民总会念叨着L带来的实惠，不禁夸道："雁过留声也。"

爱民者，自赢民心！

◀ 巨人之悟

有巨人屹立于泰山之巅，自以为可以与天比高了，便摆出一副昂然不可一世的姿态！

这时，一只苍鹰从他的头顶飞掠而过："看吧，我只是在低空飞翔而已！"

巨人听罢，不禁有些失落了："原来我是过于自负啊！"

◀ 唤醒良知

一个小偷靠近一座民宅，他开始撬门了。突然，一个健壮的汉子走了出来，把他一把抓了起来，问："你为何要做小偷呢？"

"因为家里穷，父母又卧病在床，而我又缺乏谋生的本领，只好……"这个小偷一说，还情不自禁地哭了起来呢，一副很是伤心的模样。

汉子同情地递给了他一百元，并送他离去了。

过了几天，这个小偷因盗窃而又一次被抓获了，并被带进了警局。这个汉子又一次去看他，问："你怎么不知道吃一堑长一智，还继续做小偷呀？"

"我……"小偷面露羞愧之色，把头埋得更低了。

汉子似乎很生气地走了。

过了一会儿，一个警察将一百元塞入了他的手中，说："这是刚才那个来看望你的人给的。他原本也是个孤儿，无父无母的，可从小学会自力更生……"

听到这里，那个小偷怔住了，他好像明白了什么，低头抽噎起来……

的确，良知未泯者必将会被爱心所改变！

◀ 有钱无命

某地有爱贪便宜者，名仁爱，却常干一些为人不屑之事！

一次，村里闹旱灾，几乎每家都为缺水而苦恼。奇怪的是仁爱家的水井照样涌流不息，这可是灾民们的福音啊。得讯后，村民们立即拿水桶向仁爱索讨。

可谁也没想到仁爱是个趁火打劫之人。

张婶来到仁爱家，对他说："孩子，你可真幸运，全村惟你家有水源，苍天可真眷顾你。这不，我也来沾沾光，要几桶水。"

仁爱装出一副无奈的神情说："张婶，您也知道大旱天，水最宝贵，可我家的水也是有限的呀，我给您了，一家老小用什么煮饭？"

张婶听出了弦外之音，叹了口气，说："好吧，多少钱1桶？"

"不多不多，就20吧。"

"哪有这么贵的？"张婶吃惊地说。

"不贵不贵，不都说水是生命之源吗？没有了生命，有钱也派不上用场，您说是不？"

张婶苦笑着摇摇头，买下几桶气咻咻地拉走了。

半个月里，仁爱家算是财源滚滚的，方圆几里的人都向他买过水交过钱……

可等他看到井水渐已枯竭时，才发现自己还没备水呢。

接下来的几天，仁爱到处买水。可大家都不肯将水卖给他，最终他被活活渴死了。

而躺在仁爱身旁的则是一大堆的金钱，它们闪烁着耀眼的光芒。

◀ 关心则乱

一见面，朋友就大声嚷嚷："好你个小子，病得可不轻呐。短信里不是说手机弄丢了吗？居然有本事把短信给发出来，究竟是怎么一回事？"

"实在不好意思，让你风风火火地过来找我。你可能不知道拿着手机找手机会是一种多么滑稽可笑的事情吧，然而我算是真正体验了一把。"

"怎么会发生如此怪事？"

"说来你也许不会相信——昨天，我刚要进教室，隐隐觉得手机掉了，急得到处去找。猛然记起上网时将手机放在电脑桌旁，一找，没有；恍惚间，又想起上过厕所，进卫生间一找，还是不见踪影。郁闷的我于是从衣兜里去掏，结果就把短信给发出来了……"

"看来，你的神经系统错乱了，得找医生哦！"

"你咒我？至于嘛！那只不过是我在忙中有鬼使神差罢了。"我生气了。

朋友苦笑道："可你就是没想到会给我带来多大的困扰啊！"

◀ 习惯思维

晚自习时，突然停电了。班长命令："快点蜡烛！"

于是，教室里烛光流泻，一片明亮。

"这么热，怎么不开电扇？"小顽边擦汗边嚷嚷。

"要是开了电扇，蜡烛岂不被吹灭了？"小慧厉声阻止。

"说什么呢？这时候开电扇还管用？"

一语惊醒梦中人，教室里笑浪迭起……

的确，沉湎于习惯思维中生活的人能不闹笑话才怪！

◀ 同行之争

某镇有两家面包店，因各具特色而生意红火。然而两家店主不和，一见面总是相互挖苦。

一天，甲店主在散步时遇到乙店主，于是一番唇枪舌剑又开启了。

"哟，这不是乙店主吗？听说你家生意不错，怎么有空出来闲逛？不怕被人抢了地盘？"

"若是被抢了地盘，那只能怪我窝囊。不过，我老实告诉你，我不像某些人，生意虽然红火点，便目空一切。这样的人能成大气候吗？你说，是吧？"乙店主回敬道。

甲店主听这带刺的冷嘲热讽，气得差点儿要跳起来。此后，他对乙店主恨之入骨了。

乙店主也不肯善罢甘休，自然以牙还牙。结果两家面包店在水火不容的互斗中无心经营，很快就倒闭了……

当他们共有的一位亲戚追问起根由时，回答竟是出奇一致："不就是为了同行之争吗？"

◀ 双赢之举

某地有两位师傅，都在经营蛋糕店。黄师傅做的蛋糕虽然不中看，但很好吃；而陈师傅反之，做出来的蛋糕看上去蛮漂亮的，可吃起来没滋味。

一天，陈师傅突然提出要与黄师傅比赛，看谁的蛋糕销路好。

刚开始的几天，陈师傅的店里顾客络绎不绝，人流如潮，他颇为得意。不过，当顾客们品尝了他的蛋糕后，都忍不住怨声四起："呸、呸、呸，真难吃！"

陈师傅店里的顾客越来越少了，而黄师傅店里却越来越多了。这究竟是怎么一回事呢？原来一些顾客对陈师傅的蛋糕不满意，便试着去了解黄师傅的蛋糕。经过接触，他们才知道外相与实质的不统一也有可能产生奇迹呢！"嗯，真是好吃啊！怎么也没想到如此不好看的蛋糕，吃起来却是这般爽口开胃啊！"黄师傅店里的蛋糕就这样很快被抢买一空了。

陈师傅得知情况有变，不禁有些气馁了。而热心的黄师傅对他说："我的蛋糕好吃不中看，而你的蛋糕好看不中吃，咱们来个取长补短，合伙吧！"陈师傅求之不得，两家蛋糕店很快就合二为一了，生意红火得令人眼馋！

◀ 条幅治廉

校长椽笔挥运，书就"无愧我心"四字，贴在办公室的墙壁上。

上班时，教师们觉得办公室里气氛异常，一时面面相觑。之后都把目光投到条幅上。

甲说："写得苍劲有力，颇有大家风范！"

"作为墙壁装饰，的确有熠熠生辉之感！"乙接茬道。

"依我猜想，校长之意并非在此。"丙忽有所悟，"时下不正在创建'清廉校园'吗？"

一语惊醒梦中人，丁附和着："有道理，这四字与当前形势完全符合。看来有政治敏感头脑者就是不一样。只不过它作用有限得很！"

"它能起什么作用呢？"一青年教师嗤之以鼻了。

"可不能这么认为，"一老教师发出忠告，"每当抬头看这四字，你很可能就会联想到'三八'的鲜花、'端午'的粽子鸡蛋、'中秋'的月饼等的礼物可不可以收纳哦……廉则生威矣。"

说奇怪也奇怪，自这番对话后，办公室里除了与教学有关的资源外，竟别无他物了！

——心怀自律，清风定然扑面而来。

◀ 谁懂我心

站在大火过后的一片废墟上，大家的脸上都显露出无比忧伤。

死一样的沉寂首先被儿子的问话打破了。

"爸爸，笔记本电脑一定很便宜，是吧？"

"怎么可能呢？我记得刚买来的时候，它足足花了五千块啊！"

"那您为何从火里抢出来的不是笔记本电脑呢？"

中年男子的脸上掠过了一丝的不安。

"老公，在你的眼里保险柜里的七万块钱算不了什么，是吧？"

"我又不是富豪，即便是10块小钱也舍不得乱花！"

"那你为何从火里抢出来的不是保险柜呀？"

中年男子愧疚得低下了头！

"孩子，你做得没错！"一个苍老的声音响起，"你爸爸的遗像可只有一张啊！难道无价的亲情还比不上有价的笔记本电脑与保险柜吗？"

中年男子的眼里闪动着泪花！

◀ 同人异评

某局拟提拔干部1名，找下属甲探询。

曰："闻小张颇有上进心，汝以为可否？"回道："此人胸襟狭窄，妒念酷烈，不足委任！"

又问："小李工作勤恳务实，尔有异议乎？"对曰："彼缺少魄力，且谨小慎微，焉可行大事哉？"

再问："小王资历高，才堪独当一面，料无大碍！"答道："切勿用之，彼自视甚高，乃骄狂之徒也！"

上司不悦："何以贬人太过？"遂找下属乙问对。曰："人言小张心胸不宽，尔有异议乎？"

"彼虽气量欠大，可其有上进之心，且责任感亦强，必胜于事矣！"下属乙回道。

"人言小李谨小慎微不堪肩之，汝以为可否？"

"彼成熟稳重，工作勤恳务实，焉有不胜之论！"

"人言小王傲气，尔认同乎？"

"有才始傲气，宜培养之。"

上司颔首，暗忖曰："此子有容人之量，堪委大用。"遂得擢升！

同人遭异评，全乃目光之迥然有别也！

◀ 艺人之悟

一位根雕艺人在路边发现了一截奇特的树根。仔细地瞧了几眼，断定它可以雕琢成一件馆藏千年的珍品。根雕艺人越想越开心，便去找车子决定把树根拉走。

等他找到车子回来要拉树根的时候，路边的树根却已不见了。他感到有些纳闷："是谁将它搬走的？"一个在不远处耕作的农夫告诉他："刚才有位老汉，拿着一把斧子，大概是想上山砍柴吧，他意外地遇到了自己所需之物，又怎会留待于您呢？"

根雕艺人一听，后悔极了。他明白自己最终一无所获，就因了良机稍纵即逝呀！聪明之人也许能看到别人看不到的良机，但若如不能很好地把握，结果还是会与好运失之交臂的；而愚蠢者，也许看到的只是一次普通的机遇，但知道及时地抓住了，也可得到应有的报偿啊！

◀ 智者破惑

有人不解地问智者："世上有那么多的成功人士，为何我在事业上屡屡以失败告终？"

"这不足为奇啊，因为你根本没将'懂坚持、知求精、会创新'这九个字放在心上嘛！"智者说。

失败者还是有些疑惑："愿闻其详。"

"比如说吧，你和另外一个人同样干着某件事情，他知难而退，放弃了，你却坚持不懈地努力着，最终的胜利不就属于你了吗？"

"如果他也继续干，不放弃，那该怎么办？"

"只要你做得更好，成功自然也会向你靠拢的！"

"如果他也像我一样把事情做得无可挑剔、精美绝伦，那不就意味着我没有希望了吗？"

"不会的，你完全可以另辟蹊径嘛！我给你讲个故事，据说某地盛产金沙，人争而淘之，由于粥少僧多，结果发财的却是一位挑水售卖者，难道这不足以给你启发吗？"

的确，成功的法则就是这样：你要比别人吃更多的苦，做更多的事，想更多的路！

◀ 运不由人

贾老师教学成绩突出，因而渐有名气。

趁着校网撤并之际，某名校长准备将贾老师安排在自己身边工作。毕竟有名气的老师很难得，所以同事们都对她很羡慕。

秋季开学时，贾老师跟大伙儿还是在一块儿上班。

有同事奇怪地问："您不是被名校长给'挖走'了吗？怎么现在依然跟我们同甘苦共命运呢？"

"唉！运不由人呐！那名校长被一纸调令弄到另一学校去了。缺编的事也轮不到他管了！"贾老师有些失落地说。

看着一脸憔悴的贾老师，同事们不由得暗自怜悯起来。

——诚然，对预设的事情不必抱着过高的期望，否则伤害就会越多！

◀ 老妪责子

一个久用的电饭锅被撤换了，儿子将另一个不属于同规格类型的电饭锅留下来，对老妪说："娘，您以后就用这个电饭锅吧！"老妪没说什么，只是默然接受了。

为了煮午饭，老妪提早将米与水按比例放入了电饭锅，并插上了电源……

由于老眼昏花，一见那电饭锅有亮光闪动着，便误以为它已开启煮饭模式。

可1个小时过后，她打开看时，见锅里的米依然沉在水下，没发生变化，不由得急了，喊来儿子埋怨道："你怎么可以把一个报废了电饭锅塞给我呀！只要你早说一下，我就会自己去买一个新的……"

听着母亲的唠叨，儿子心烦意乱地检查起来，才发现母亲是误解他了，原来她是不会使用这个型号的电饭锅呢！

于是，儿子耐着性子教老妪如何使用电饭锅，边操作边说：

"看到了吧，插上电源后，先在煮饭的按钮上捺一下，再在底下的那个大圆环中间按一下，它才会把饭煮熟啊！"

老妪一看，才知道自己适才实在是冤枉儿子了。

——在某些事项的交接过程中，如果缺乏一种有效的沟通交流，往往会造成不必要的伤害！

◀ 纵饮成误

某生成绩一贯优异。不料临考之日喝了一瓶酒，结果在考场上头脑昏昏沉沉的，难抑瞌睡，自然被淘汰出局了，无法达到继续深造的目标，落得个灰溜溜地卷起铺盖回家的下场。

——的确，当机遇与实力无法同频共振之时，即使有再强的能耐也无济于事，真可谓机不可失失不再来，毕竟在关键处不能糊涂，一着不慎，万般皆输！

◀ 误报损运

某生高考成绩超标，然而未被所填志愿学校录取。

问之，答曰："政审年龄逾期也！"

原来，他办身份证时，其母糊涂，给派出所登记的是农历月份，由此而形成了误差，所学竟付诸东流，被大学拒之门外不得入。

听罢，此生不禁愤然且无助地嗟叹道："人生最大的悲哀莫过于在可望而不可即中被无情折腾与抛弃啊！"

◀ 善事险处

一只受伤的鹰被老汉所救。

痊愈之日，老汉将之放飞。

可鹰总是依恋不舍频频回顾……

谁也不曾预料在老汉的孙子满月那天，一只鹰俯冲下来将婴儿叼走了。

当老汉气急败坏地追上去时，发现它就是被自己救过的鹰，立时愣住了，更感到后悔不已。

老汉正想把那鹰诅咒一番，这时发生了奇怪的一幕。

老汉回头望见自己住的屋子竟然在一阵剧烈的震荡中倒塌了。

原本被误以为恩将仇报鹰却在扮演着知恩图报的角色。

——的确，不到最后时刻就妄下结论，有可能是大错特错的！

◀ 不再攀比

女孩冷漠地看着用自行车准备载她回家的妈妈，赌气地说："我宁可自己走着回去，也不愿坐您这两个轮子的车。难道您没发现我的同学都是被父母的轿车接走的吗？"

女孩的妈妈一听，很是尴尬，只是无助地沉默以对。

回到家，女孩爸爸赶紧端出一碗面条给她吃。

女孩见面条碗里放着的不是筷子，而是汤勺，不由得纳闷了："吃面条应当用筷子啊，汤勺怎么盛呢？"

"为什么你会觉得汤勺不可以呀？"爸爸故意试探道。

"因为面条长长的，只有筷子才夹得起，而汤勺实在不行！"

"你说得对。我给你汤勺，目的就是让你明白，不要强求不属于自己的东西。每个人只有通过自己得到的东西，才会踏实。所以，你不要为自己没有好的生活条件而沮丧。要想努力地去改变它，就得树立起正确的人生观，不攀比，不自卑，消除掉心理魔障！"

听了父亲语重心长的告诫，小女孩忽有所悟了。

——一味地攀比，只会使自己变得暗淡无光牢骚满腹！

◀ 实惠至上

一条新短裤穿起来凉快无比，主人却嫌弃不已。

为何呢？原来它的裤兜无法承载钥匙与手机之类的沉重物体。

就这样，主人宁可穿回那些被搁置的旧短裤，因为它们的裤兜结实耐用。

——诚然，在跟漂亮的选择或取舍中，实惠才是硬指标！

◀ 闻名起厌

主妇嫌弃苦菜苦瓜，理由是这些菜都带有"苦"字，也带有苦味，而主妇一向吃不了苦，自然是闻名则生厌了。

"难道您没发现我们也有利好的一面吗？"苦菜苦瓜纳闷且异口同声地反问。

东施的困惑

"哪有苦涩、苦恼、愁苦、悲苦……之类的'苦'会让人心生向往而变得愉悦的？"主妇不悦地辩驳道，"这分明是让我勉为其难啊！"

"然而，您忽略了一个事实。人云'良药苦口利于病，忠言逆耳利于行，不正是经验之谈吗？苦也有苦的优势。再者，您没有践行之就匆忙地妄下断言，显然要不得！"

主妇一听，隐隐约约地感觉到自个儿的主观意识太强了，以至于让人难以接受，同时把自己带入孤立无援的尴尬境地。

——诚然，刚愎自用与自以为是注定会在事实面前失去话语权！

◀ 损智滥奖

某男孩考上国内名牌大学，父母许诺奖励50万元人民币，几乎所有的亲戚长辈也纷纷慷慨解囊以赠，家人们更是不甘落后。结果男孩考上国内名牌大学后一次性累计收获了3百多万的奖励性资助金。

为此，男孩眉飞色舞地叫嚷起来："我真幸运。有了这笔巨额财富，一辈子也不愁吃穿了，还需要继续深造吗？"

父母、家人及亲戚长辈们听了，无不愣怔，各自后悔出手过于大方。

——过于看重金钱奖励未必是一件好事，有可能会扼杀掉一直渴望着进步的灵魂。

弃旧图新

炎炎夏日，穿短裤才会觉得凉快。于是，主妇决定给自己的丈夫买条新短裤。

不料她买回来的新短裤的兜袋不结实，脱线漏底了，险些让丈夫的钱包被弄丢了。

丈夫埋怨妻子不该把先前的旧短裤都扔掉，毕竟那些旧短裤的兜袋都很结实，不脱线不漏底呢。

——显然，弃旧图新有时候会得不偿失，因为它所带来的未必就是十拿九稳的愉悦或幸福！

以骡为骥

某人牵着一匹体魄强壮的骡子在市场上兜售。

一博士见之，夸其是一匹难得千里马，应提升其价才合理。

兜售骡子的人听了，笑着揶揄道："您的眼神真好使啊！"。

博士听不出讥讽之意，反倒立时变得眉飞色舞起来，故作谦虚地回答："见笑了！"

——不懂装懂，注定会贻笑大方！

同饮异议

山道旁流着一股清澈的泉水。

一个疲累的挑夫见了，赶忙停步歇担，弯腰蹲身掬饮，颇觉痛快，不禁由衷欢呼道："这山泉真甜！"

跟随其后的游客听了，也停了下来，弯腰蹲身，掬起一捧饮之，生气地说："哪有甜味？真是骗人！"

——的确，同饮异议，不足为怪，因需求不一也！

◀ 断电之怨

在震耳欲聋的轰雷声中。村子断电了，陷入一片漆黑里。

刚要就寝的老妪嚷道："没有电，夜里肯定会热死的！"

"怎么可能呢？您曾说过——以前的乡下，夜里用来照明的只是煤油灯，那时候既没有电扇，也没有空调，遇到这样的天气，您不是照样挺过来了吗？现在老了，怎么反倒牢骚满腹起来了呢？"老妪的女儿纳闷地问。

"生活条件好了，哪能还忍受得了猝然而至的折腾呀？"老妪不悦地嘀咕着。

女儿听了母亲的嘀咕，默然无语了。

——的确，境遇的改变会让人产生不一样的需求，而原本的同等条件再也无法适应！

◀ 同地异价

某镇拟建一条新公路，所征之地均依价抵偿，结果竟出现同地异价的奇案。

甲与乙同处一块地皮，而征地的比价却有着天壤之别。甲之地仅30多平方米，而乙之地有90多平方米，是甲之地的3倍数，而拟付的赔价竟如此不可思议——甲之地获得每平方米4000多元的索赔价，而乙之地只以每平方米70元结算。因此，甲得到十三万多的征地赔偿费，而被征地是甲3倍的乙只能收到六千多的赔偿价。

这桩不公平的交易很快就被曝光了。乙得知消息后，便找征地经办人气愤地质问道："同块地皮，为何赔付这般悬殊？"

征地经办人立时狡辩曰："甲之地是办过证件的，而你什么都没有呀！"

乙听了愈发怒不可遏了："我怎么会什么都没有呢？请问您是征证还是征地呢？"

征地经办人一时语塞，被问得不知所对。

——失去理性的制衡，走极端化处事之道，注定会引发矛盾催生冲突！

◀ 长寿之谜

记者采访一位长寿老人时，问及其长寿秘诀是什么。

老人云淡风轻地笑着回答："不为往事伤感，永远朝前看！"

老人的话让记者无语以对！

——生活之道就在于抛开杂念，多一些豁达疏放，毕竟背负着过去必将累及自身去追赶明天。

◀ 智母强儿

小孩摔倒于地，痛得哭出声来……

就在一旁的母亲说："儿子，你要自己站起来！"

孩子知道母亲不会过来搀扶他，于是用手抹掉眼泪，一个鲤鱼打挺，跃身而起。

坚强的儿子，脸上露出了笑容，他的母亲赞许地点了点头。

智者见罢，慨然发叹曰："冷漠的背后造就了被逼的独立！"

◀ 善人受冤

有一位善人，常施粥于饥民，因此赢得了很好的口碑，颇受社会的好评。

后来，由于当地闹灾荒，饥民的数额不知不觉中成倍成倍地增长，善人还是一如既往地施粥。

他只是怕粥少了应付不了饥民的需求，便在锅里多加了一些水。

有些饥民就有怨言了，甚至有人怀疑他是沽名钓誉者。

善人很苦恼，便向一位智者诉屈。

智者听了，说："他们也许是在与先前的比较中难以求得心理上的平衡，所以失去了理智，对您妄加指责。您不予理睬就行了，算是没发生过这件事，毕竟您是问心无愧的。"

——其实，人性不乏恶的一面存在，只有淡然处之，才不会让自己过度受气！

◀ 玩命之炫

有人问智者："我敢在悬崖边上站立，是不是很有胆量呢？"

"那是莽撞或愚蠢！换为我，我一定是远离悬崖的。"智者听了，摇摇头说，"这，怎么会是勇敢或有胆量的表现呢？倘若一个不慎，岂不粉身碎骨？"

玩命者没有听从劝阻，刚愎自用的他结果不幸被智者言中，摔下深谷，肝脑涂地一命呜呼……

——远离危险，才不会有危险。这是千古不易的真理！

◀ 富翁问客

某富翁的儿子满周岁时，贺客盈门。

前来给富翁之子庆生的宾客们都择好言奉承富翁与其子，一时间喜气洋洋。

富翁为了能听到真实的声音，就朝一位老实巴交的农民讨问："您认为我的儿子长大后会有大出息吗？"

"从现在的状况看来，恐怕不能！"农民直言不讳地说。

"为什么？"富翁暗吃一惊，追问道。

"回望您走过的道路，就应该明白我的意思了。您的成就是靠自己努力打拼出来的。而您的儿子生活在襁褓之中就拥有了众星拱月的地位与礼遇。试想一下，有谁会在衣来伸手饭来张口的优越环境里有所作为呢？'生于忧患死于安乐'，自古皆然。"

富翁听了，觉得他分析得头头是道，便深以为然地点了点头。

从此，富翁做出了富儿穷养的决定。

——能从他人的预警中获得启发，必然不是糊涂之人！

◀ 为树化劫

小和尚又看见老和尚拿着一罐节用的水去浇庙外山坡上的一棵小树苗，忍不住说："大旱天，凭您的一罐水能救活那片树林吗？既然无济于事，您为何还那么执着呢？"

"尽力而为吧，救一棵是一棵。"老和尚淡然回答道。

这时候，另外一位和尚也拿出了一罐节用的水去浇庙外山坡上的另一棵小树苗了！小和尚的心不禁怦然一动。

第二天，连小和尚也加入了拯救小树苗的行动。庙里的和尚没有一个置身事外。

日子在继续，能量在汇聚，被浇过的小树苗都留有生命的迹象，而那些尚未被浇过水的小树苗都枯萎了！

有一天，大旱终于被解除了。一场大雨迎头浇泼而下，庙外山坡上那些被和尚们浇根的树苗们都焕发出勃勃生机来。

——善念能唤醒善念，美丽可诱发美丽！

◀ 喂鹅之悟

为了喂养家鹅，主人在院子里种了两样菜，作为饲料。他把种出来的大白菜和结球甘蓝都切成细条状来喂养家鹅。先撒下了大白菜，家鹅见了一拥而上围着抢夺；接着撒下了结球甘蓝，结果被扒拉得满地都是。原来大白菜细嫩可口，家鹅甚是喜欢；而结球甘蓝因叶粗质硬而招致它们的嫌弃。

主人见状后，决定改变喂食方式，将两样菜切好后混合在一起撒下喂鹅。家鹅们又是一拥而上围着抢夺……可当他仔细一看时，不由得愣住了——家鹅们专挑食大白菜，而结球甘蓝又被扒拉得满地都是。

这下主人可没招了，踱着步在嗟叹。

这时，一位朋友来访，看到棚里情形，便询问起根由，主人满腹委屈地诉说着几天来的喂鹅过程。朋友听了哈哈大笑说："明天看我露一手，管叫它们把两样菜都吃得一点不剩。"

主人虽然不太相信，但自己没有更好的办法，只得听从了朋友的安排。

第二天，他的朋友一来，就将家鹅们放出棚圈。饥肠辘辘的家鹅们围着他的朋友"嘎、嘎、嘎"地乱叫。他的朋友不慌不忙地将结球甘蓝撒向鹅群，家鹅们扒拉了几下，似乎要拒吃，可终究耐不住饥饿，在迫不得已进食，不过多久，竟然把结球甘蓝给吃完了。

之后，再将大白菜投喂家鹅。家鹅们欢呼雀跃起来，扑扇着翅膀围上前来争啄着，转瞬间便把大白菜也吃个精光。

主人颇感惊讶，连忙向他的朋友讨教秘诀。

他的朋友说："这也不足为怪呀，大白菜和结球甘蓝口感差异大，家鹅们自然会选择自己喜欢的吃。我让它们饿了一夜，即便结球甘蓝口感再差，饥不择食的它们也只能乖乖就范！"

主人听罢，忽有所悟了。

——给付过多的选择，往往会给自身带来困扰。

◀ 好文共识

读了不署名的题材一致的几篇网文后，老师要求学生甄判出那篇属于名家的杰作。

甲说："语言简洁得增一字嫌多减一字嫌少的、描述生动得如闻其声如见其形的这一篇吧！"

乙说："融情理于语境一炉的、读来亲切自然的这一篇吧！"

丙说："从小处入手从大处着眼的这一篇吧！"

丁说："布局合理精致且脉络清晰层次分明的这一篇吧！"

……

结果，他们的指向无不是同一篇有鲜明特色的网文。

——诚然，优质好文关键在于它有深度，也有辨识度，更有被悦纳度。

◀ 渔商疑猫

一渔商养了两只小猫，以防家鼠偷盗。

两只小猫虽能捕鼠，但鱼还是有减少的迹象存在。为此，渔商便无端地怀疑是两只小猫合伙欺骗了他。于是，他旁敲侧击地对两只小猫发出了严厉的警告。

有一天，渔商发现向来和睦共事的两只小猫发生了激烈的争执，便断定它们是为了分鱼不均而在争斗的，就声色俱厉地要撵走它们。

两只小猫急于分辩也无济于事，只得彻底寒心地离去……

没有了两只小猫的严防死守，渔商家里的老鼠们倾巢而出，竟敢在光天化日之下明目张胆地拖鱼抢鱼。

渔商气急败坏地在呵斥，也没有轰走家鼠。他后悔莫及地嗟叹道："这都是我自己的失误啊。处事过于挑剔，往往会损耗更多更大！"

◀ 同域异评

在某风景区有一观，观内供奉着几位大仙。

传闻神谕十分灵验，因而声名远播，虔诚的信徒们络绎不绝地前来朝拜。

有兄弟俩慕名而来求签问卦，老大抽得上上签喜形于色，签里明示他将吉星高照、贵不可言；老二抽得下下签沮丧不已，签中断言他命乖运蹇、难以终老。

返家后，邻里乡亲们争相盘询："神谕灵验否？"

"不虚此行啊，"老大眉飞色舞，"那名观蔚为壮观，内墙雕龙画凤，神象栩栩如生。说到灵验，自然不假，否则岂能吸引众多的朝拜者呢？"

"依我看，根本没有这回事！"老二打断老大的话，"求签问卦乃骗人的把戏，没有人会认真把它当一回事的！神谕不是断言过村东的李四短寿吗？可事实上他年逾古稀依然还健康地活着。神谕不是预言庄西的张三属于乞讨命吗？而他却腰缠万贯呢。那儿连麻雀也不见一只；破败不堪，不久定然会在风雨中倒塌无疑……"

邻里乡亲们听了，不知该相信谁了。

——的确，有时候人们总是喜欢带着主观色彩来评判事理的！

◀ 俗语求解

有人问相术大师："据说'小财看嘴，大富看眼'，请您帮我看看我的嘴巴与眼睛，我究竟能不能获小财或成大富呀？"

"恕我眼拙，一时间实在无法作出判断！"相术大师带着些许歉意地回答道。

"您不是专攻面相的大师吗？连您都无法给我的面相做判断，那'小财看嘴，大富看眼'看眼的俗语，岂不很虚妄？"问者显得一脸不高兴。

"你误会我了。你说的嘴与眼只是看到物象罢了，而不是真正的'嘴'与'眼'。因为我没有对你长期地观察，自然一下子难以判断，恐有失误！"相术大师解释着，"至于'小财看嘴，大富看眼'的俗语还是很有道理的！"

"此话怎讲？"问者好奇地追问。

"为人做事能说会道，获些小财并不难；而要成大富，必须有远大的目光才行啊！"

听了相术大师的话，问者立时恍然大悟了，觉得自己是多么幼稚肤浅，缺乏想象力。

——的确，粗陋的认识是无法抵达真知灼见；世人常会犯这样的通病：对于不了解的事物，总是只看表象而不深究内质。只从字面揣度而不从潜蕴探寻！

◀ 渔夫修网

渔夫的网破了，有许多窟窿。每次捕鱼，都难以如愿。

一天，渔夫决定修网。他见破网既有大洞也有小洞，暗自思忖道："大洞修补起来耗时，不如先修补好小洞。"

就这样，渔夫修补好小洞继续捕鱼，结果还有许多鱼被逃脱了。

渔夫很是气恼，自言自语着："我不是修补好小洞了吗？怎么还有鱼被逃走了呢？"

"只有傻渔夫才会大洞不补补小洞啊！"漏网的鱼们笑着说。

渔夫总算明白问题的症结所在。

——做事不在关键处使力，必将贻笑大方！

◀ 无法兼得

"您把几亿的家产全部分给自己的子女，您百年之后，我如何生活呀？"妇人用哀怨的口气问比她大几十岁的丈夫。

"鱼与熊掌不可兼得也。"享誉世界的名教授回答道，"既然你已不是默默无闻者，又何必斤斤计较那身外之物呢？"

妇人听罢，黯然无语了。

——其实，有些貌似表面风光的背后也有着鲜为人知的酸楚！

◀ 指引改运

一位渴望交流的女孩要养宠物了……

心理咨询师得知她想借助鹦鹉来解除孤独，便对她做了分析：“你当然有权利养鹦鹉，不过你肯定不知道养鹦鹉会遇到诸多困难。比如，处理鹦鹉的粪便呀，给鹦鹉梳洗羽毛呀等。最棘手的事情应该是教鹦鹉说话吧，而教鹦鹉说话未必就能成功……”

看着女孩脸上露出不耐烦的模样，心理咨询师便追问其要养鹦鹉的根由。

女孩说她自己总是融入不了伙伴们的相聚活动中。

于是心理咨询师建议她去问伙伴们为何不欢迎她。

当女孩知道自己是被爱耍脾气给害的，便竭力地收敛自己的脾性。

不久之后，女孩快乐地如愿以偿地融入了伙伴们的相聚活动之中，不再被冷漠地孤立。

——诚然，只有找到问题的症结才能解决问题！

◀ 啖悟枇杷

道旁的一棵枇杷树上结满了一簇簇密集团生的果子，由于个儿小，且皱巴巴的，自然不受欢迎，鲜有人问津。

过路人几乎都视若无睹，忽略不计。

枝头上的枇杷们忍不住叹息道：“活着无趣啊！生不逢时啊！”

一对姐妹恰巧从树下路过，听到枝头上果子们的叹息声，不约而同地停下了前行着的脚步，仰视着，打量着……

"看样子，这些枇杷很寂寞！"姐姐忽然开口说，"从它们的皮相上，我揣度着这些果子的味道也许很酸涩。它们自不量力，竟然还埋怨着不被赏识呢，真是滑稽可笑！"

妹妹听罢，却不以为然地说："你这不是以貌取人吗？我们只有摘下来品尝过，才能判断其品质的优劣。没有践行，就没有发言权。记得前些天，我们吃过的那些枇杷，金灿灿的，黄澄澄，且颗颗都是肉多核小，而实际上还不是淡而无味徒有其表的吗？"

妹妹以据彰旨的例证引发了姐姐的沉思。她不由自主地伸手去摘枝头上的枇杷品尝起来，结果是出乎意料的甜津津。

她似有所悟地嚷了起来："迷恋于外表形象，往往会使人做出失误寡智的决断！"

◀ 空谈之争

甲约乙在家搓麻将娱乐，边搓边聊，甚是融洽。

当话题扯到孩子的教育问题时，由于各执一词，话不投机，争得面红耳赤，差点儿要大打出手了。

一旁写作业的孩子不胜其烦，嘟囔着愤然离去。

甲乙并不在意，依然肝火旺盛地对峙着。

甲妻见状，忍不住说："连孩子都被你们气跑了，还好意思争论不休呀？！既然都做不到以身作则率先示范，又有啥资格扮演育人之角色呢？"

甲乙听了，均都惭愧不已。

——诚然，缺乏正人先正己的义理自觉与践行担当注定会沦为难圆其说自讨没趣的！

◀ 完美的借口

小顽奇懒无比，妈妈多次劝说都没效果……

一堂课上，老师让学生们写作文。可是过了许久，依然不见小顽有动静，老师忍不住批评道："为什么不写作业呢？学习最忌讳的就是一个'懒'字！"

"我是为了保护大自然才这么做的，您可千万别责怪我啊！"

"你不写作业怎么会与保护大自然联系起来了？这不是很奇怪吗？"

"一点也不奇怪——如果当您看了一棵棵大树是怎样被变成一本本簿子的时候，您还忍心逼我写作业吗？"

老师一听，差点儿就要晕倒！

◀ 妈妈的规定

小男孩写着作业，不时地还要朝橡皮擦瞥了一眼——显然，他是不敢使用橡皮擦呀！

因为在每次作业之前，妈妈都会说："不许使用橡皮擦！"这渐已成了一项不可更改的规定了。

"这是为什么？"

"我要帮助你养成良好的学习习惯啊！"

"橡皮擦与学习习惯有啥关系？"小男孩有些困惑了。

"孩子，你不觉得经常借助橡皮擦会滋生一种依赖的心理吗？久而久之，你便以为写错了字没什么大不了的，反正有橡皮擦呢。错误越容易遮掩，就越得不到彻底的订正。如果不让你使用橡皮擦，你就得慎之又慎地对待书写了。这样一来，对你养成良好的学习习惯不是很有帮助吗？同时，它也是做人对待生活的一种态度！"

从此，小男孩记住了写字时不许使用橡皮擦的规定。其实，这是对生命的尊重——人生无草稿嘛！

◀ 孩子的选择

妈妈为孩子报了个作文兴趣班，意欲让孩子学写作文，有实用价值。

孩子一听，拒绝道："不！妈妈，难道您不明白一文不值有多尴尬吗？现在，几乎所有的网站、公众号，甚至一些出版物，发表文章都是没稿费的。听说有位作家呕心沥血地创作了一篇寓言，仅得低廉稿酬5元……图啥呢？您还是替我报个书法兴趣班吧！"

"什么？你有那方面的潜质吗？"妈妈愣了一下，反问道。

"没潜质，那又如何？不是说'只要功夫深，铁杵磨成针'的吗？这可是至理名言啊！学书法好，'一字千金'哩。写一手好字，可风光啦，能大发特发矣！"

妈妈无语了。

——爱好可以不被尊重，而实惠才是硬道理！

◀ 哪儿不舒服

问："为什么不下去做操？"

答："因为不舒服！"

又问："哪儿不舒服？"

又答："牙齿！"

老师说："我真是服了你，居然将牙齿疼与不做操扯在一起了。"

"这有啥奇怪呢？"学生回应道，"您不是说过事物之间总有千丝万缕的联系吗？我的牙齿疼就会影响我的做事心情啊！"

老师无语了。

——有时候，某些事情只要追根刨底，就会发现本应不可能发生的也将转变为毋庸置疑的一个现实！

◀ 希望的生长

评先评优工作又开始了。

校长召集全体教师会议，说："根据规定指标，我校要举荐一名'省春蚕奖'候选人，届时参加联评。希望诸位以公平公正的心态遴选出你心目中的对象……"

话音刚落，小王便站起来道："我认为老李业务精湛，做事勤恳，无愧于这一称号！"

校长一听，也愣怔了一下，继而默然无语。

一旁的小徐暗自嘀咕："我看你经常跟老李较劲，时有争执，为何还要举荐他呢？"

"难道你认为老李不配吗？不要把私人的恩怨与工作混为一谈哦！"小王正色道。

小徐有些尴尬了。

"可他的年龄过大。这样会让旁人觉得学校没有朝气活力，同时也会让诸多青年才俊情何以堪啊！"小郭声浪渐高，他明显地持反对意见。

这时，老李语调淡然地开了腔："说得对，我的荣誉够多了，也应该以大局为重，让它激励更多的青年才俊脱颖而出！"

"既然老李退出，你们以为要推荐谁合适呢？"校长趁机发话了。

沉默良久，也无人接茬。校长只得开腔了："按惯例，更凭良心，以无记名投票方式裁决吧。"

不料统计得票结果一出来，依然是老李遥遥领先。

这时校长再也按捺不住心头的激动，站起来表态："学校不乏青年才俊，省市县学科骨干和教坛新秀有数十名之多，可他们都甘愿把票投给了老李。这不仅说明他众望所归，更令人欣慰的是大家都有实事求是的作风，充分印证了我们学校是极具正能量的集体！"

——不让希望在沽名钓誉中成长，这做法比什么都重要。

◀ 神奇的宝石

在一座未知名的童话岛上，住着一个传闻中的神秘人物——智慧女神！

智慧女神有一只百宝囊，囊里装着一颗水晶宝石。这颗水晶石能自动配置出五种各有妙用的神光，据说可以治好五种不同类型的顽疾！

小聪不知从何处获得这一信息，便整理行装朝童话岛出发了。因为他心里有几个愿望，而要实现这些愿望，最关键之举就是能借到智慧女神的水晶宝石一用！

小聪跋山涉水风餐露宿，很快就找到了智慧女神的居住地。他恳求智慧女神将百宝囊里的水晶宝石借其一用，到时一定奉还。

智慧女神问："你为何非要借我的水晶宝石不可呢？"

"因为我要拯救我身边的病患者啊！他们之中，有的缺乏荣辱观，有的厌学，有的身体孱弱，有的好逸恶劳，还有的不懂审美情趣。这些病症如果不一一治好，他们又如何能健康成长？我听说您的水晶宝石恰好可以帮助我疗愈同学们的疾病，所以冒昧前来打扰，请谅解！"

智慧女神看出小聪的诚意，便答应将水晶宝石借其一用，小聪自然是高兴万分！

小聪拜别了智慧女神，返回了自己的生活领地——学校！同学们见小聪带回了一颗闪闪发亮的水晶宝石，纷纷围了过来，问他这颗水晶宝石究竟有何妙用。

小聪说："这颗水晶宝石发出的红光可以治好'荣辱观模糊症'。"

同学们听了，都半信半疑。

为了证实它到底是否灵验，有位同学自告奋勇，甘当"试验品"。小聪举起从智慧女神手里借来的水晶宝石……一阵悦耳动听的仙音乐曲响起来了，水晶宝石闪烁出一道耀眼的红光，奇迹随之也就出现了。作为试验对象的那位同学一改往日的飞扬跋扈盛气凌人，眼放柔光，彬彬有礼地对小聪说："我为以前捉弄过你欺负过你的不文明行为向你道歉！"这下，在场者都感到特别意外。他们终于相信水晶宝石的红光可以治愈"荣辱观模糊症"！

受到奇迹鼓舞的小聪接着对大家说："这颗水晶宝石发出的蓝光可以使厌学者获得持久不衰的学习欲望与动力！"这又是一大神话，同学们一听，简直都不相信自己的耳朵了！

如何证实给同学们看呢？小聪决定把这项实验安排在一个学风极差的班级里进行。走近这个班级，小聪面带微笑，举起了水晶宝石。水晶宝石便发挥出它神奇的功能——仙音乐曲一响，水晶宝石顿放蓝光。那蓝色的光芒照进了教室，原本嘈杂的声音立时沉寂下来，取而代之的是一阵阵琅琅书声……

后来，小聪用水晶宝石对那些体魄、审美情趣及劳动方面有缺陷的同学做试验，水晶宝石依次发出的绿光紫光与橙光，都收到了神奇的效果，真可谓是"石"到"病"除无不灵验！

这颗来自童话岛的神奇宝石因功德圆满而萌生归意。它对小聪说："我已不辱使命，请您将我完璧归赵吧！"小聪点头答应了。

又一次踏上这个未知名的童话岛，这颗水晶宝石竟然从小聪的手里挣脱出来，冉冉升起，像被磁石吸引似的，飞向智慧女神。在智慧女神的头顶上盘旋着，腾跃着，摇曳着，五色迸发……过了好久时间，才渐渐地融进了智慧女神的发梢里。

"原来这颗水晶宝石是智慧女神思想幻化出来的产物啊！"小聪恍然大悟了。

◀ 美丽的谎言

一位患者忧心忡忡地问医生："我的病能治好吗？"

"当然可以，"医生自信满满地保证道，"不必消极悲观！"

一位旁观者从医生眼里流露出的怜悯神色中似乎窥出端倪，悄悄拉过医生耳语："我听出来了，这分明是一个谎话，您为何连眼也不眨一下就说出来呢？"

"美丽的谎言虽然会掩盖事实，但你不得不承认它有可能激发患者的求生意志！"医生语重心长地回答。

旁观者无语了。

——有时候谎言的存现却是善良的需要！

◀ 善良的女孩

7岁女孩娜娜是穷苦人家的孩子，她有一颗善良的心。当有钱人大方地给自己儿女买新衣服之时，娜娜只有羡慕的份，却享受不到这样的待遇。妈妈怕女儿难过，就找话安慰，想不到最后往往是女儿的话反倒给她解开了心结。

一天，娜娜上山砍柴，碰到了一位老奶奶——娜娜并不知道她就是一位神仙。老奶奶身上背着一捆柴火，非常吃力地走着，脸上布满了汗水。

娜娜见了，急忙上前把老奶奶的柴禾卸了下来，然后扶着老奶奶坐在树底下乘凉。娜娜好奇地问道："老奶奶，我看您年纪这么大，怎么还出来打柴呢？您家住哪儿？我可以帮您把这些柴火背回家的！"

老奶奶看了小女孩一眼，慈祥地说："谢谢你，小姑娘，好心肯定会有福报的！"

老奶奶忽然伸了伸脖颈问道："小姑娘，我有些饿了，不知你身边有没有带吃的？"娜娜听了，连忙回答："有，有，有，我还有两个馒头没吃掉，都给您吧。"其实，这两个馒头是娜娜的午餐和晚餐，老奶奶心里很清楚。

老奶奶接过馒头津津有味地吃了起来……

之后，娜娜帮老奶奶把柴火送到她家去。老奶奶对娜娜说："孩子，你的善良之心非人人都有的，希望能永远保持不变，让更多的人感受得到。"

娜娜点了点头。老奶奶又说："每个善良的人都会有回报的，这条金项链是你的酬劳，请收下吧。它可以使你变得富有，但需要切记的是你得学会施舍。只有这样，你才会过得快乐。"说完，老奶奶一闪身就不见了。

善良的女孩牢记老奶奶的话，日子过得愈发充实，因为她知道帮助别人会快乐自己！

◀ 小男孩的问题

"妈妈。您能告诉我荣耀是什么吗？"一个小男孩偎依在妈妈的怀里，天真地问道。

孩子的母亲将脸凑了过来，用手抚摸着他那稚嫩的脸庞，和蔼地说："荣耀，是藏在深厚土层里的钻石……"

小男孩听罢，一脸疑惑："妈妈，您在说什么呢？我一点也听不懂。"

母亲的语气更柔和了："比如，在跑步比赛中，用你短小结实的腿取得第一名，这就是荣耀。"

"又比如，在智力竞赛中，用你聪明的大脑得了第一，这也是荣耀。"小男孩继续说道。

"在各方面都超越他人，做到与众不同，就像繁星中最为闪亮的一颗，这就是荣耀！"

男孩点点头，似乎还有些迷茫地问："那您的荣耀是什么呢？"

母亲把男孩拥在怀里，愈发慈爱地说："我的荣耀就是你啊，有着发达的小腿、聪明的脑子，总爱思考着……"

小男孩激动地忍不住亲了妈妈一下，脸上挂满了开心的笑……

◀ 卖橘子的老者

一个老人佝偻着背，两只枯干的手紧握着三轮车的把儿。风一吹过，裤筒紧贴小腿，显得这位老者是如此的瘦弱。他泛黄的脸上爬满了皱纹，给人饱经风霜的感觉。

他在沙哑地喊着："卖橘子喽，卖橘子喽……"

一位衣着华贵的妇人走了过来。她遴选了几个橘子，然后递出百元大钞，说："不用找了。"话毕，转身飘然离去。而那老者还在掏钱包呢。他抬头时，已不见那位妇人，嘴角便微微上扬了，他的眼中似乎有了些湿意……

老者又迈步蹬着三轮车向面包店骑去。到了面包店外，老者拿出了一张纸币，进去买来一大袋的面包。

"人这么老了，还能噎得下面包吗？"我的脸上露出一丝疑惑的神色。

禁不住好奇心的驱使，我尾随着老人走了一会儿。在路口的拐角处，看见老者停了下来，拿起那一袋面包给了一个小乞丐。

爱就这样被传递着，没有语言，只有行动！

◀ 鱼缸里的秘密

老师的鱼缸里养了些沙丁鱼，学生的鱼缸里也养了些沙丁鱼。

不久，学生发现鱼缸里的鱼死了，就问老师："您的鱼缸里的鱼也死了吗？"

"没有。"老师语调淡然地回答。

"您不是说我所养的鱼也是您从同一鱼贩子手里买来的吗？"学生愈发惊讶了。

"是的，你记得一点也没错。"老师依然是语调淡然。

"那您的鱼缸里的鱼还活着，该怎么解释呢？"学生有些愤愤不平了。

"我在鱼缸里放入了一条游窜的鲶鱼！"老师说。

"这不就让沙丁鱼的生活环境变得动荡不安了吗？"学生反问道。

"而我的鱼却活了下来！"老师的脸上流露出一丝不易察觉的自豪。

学生立时忽有所悟了。

——没有忧患意识的生命极易失去活力！

东
施
的
困
惑

◀ 剪指甲的启示

望着女教师的美指甲，学生们都情不自禁地发出赞叹声。

"世上应该没有比这指甲更美的啦！"

听了这句话，女教师并没有激动亢奋，更没有露出得意的神色，只是淡然地说："其实，它也有丑陋的一面。"

学生们自然不相信，这么美的指甲怎么会有丑陋的一面呢？

女教师便不动声色地拿起一把剪子，"咔嚓"一声将美指甲剪了下来。

学生们立时都觉得很惋惜，美指甲不复存在了。

女教师指着剪下的美指甲说："这下，你们总该相信了吧？它还算美吗？随着所处的环境改变，事物的本质也在发生变化！"

学生们都恍然大悟了。

——任何事物都有其两面性，利弊总是如影随形地存在着。当美的元素难以继续维持时，它只能成为反面的丑；当人们喜欢的情感被改变时，它就会衍化成讨厌或憎恶的一面。

◀ "给我一点点"

一个小孩与一棵树成了好朋友。

于是，小孩常常能在树上爬来爬去……

一天，小孩对树说："你能给我一点点，就一点点的树杈吗？我的伙伴们都有弹弓玩，我也想要，你能满足我的要求吗？"

作为朋友，树没有拒绝，而且慷慨地说："行！你就多拿一些吧——反正我有很多树权嘛，就当作是你在帮我修剪修剪枝条的！"

得到树的许可，小孩就立即爬到树的身上，把所有的树权全砍了。

这真是个狠心的小孩啊！

几天后，小孩又来到了树跟前，和颜悦色地说："你能给我一点点，就一点点的树干吗？我想做一些小木偶……"

作为朋友，树听了没有理由拒绝，而且慷慨地说："行！你来拿吧。反正我有再生的功能！"

又一次得到了树的许可，小孩就把树干毫不客气地砍掉了，只剩下泥土底下的一些根了。

时隔不久，小孩第三次来到了树跟前，又提出了自己的更大诉求："你能给我一点点，就一点点的……"

还没等小孩说完，树犹豫了，说："瞧瞧我的这副模样，已经没有什么再能可以给你了……"

即便你有再多的东西，也禁不住他人无尽的索取，更何况是欲壑难填！

◀ 园艺师与小学生

园艺师在修剪枝条时总是慎之又慎，从不敢轻易出手！

一个小学生见了，好奇地问："为何迟疑不决呢？您是不是有眼疾呀？"

"孩子，不是的！"园艺师回答道，"因为我要找出徒长枝，就得反复比对啊！"

"为什么要找出徒长枝呢？"小学生愈发纳闷了。

"顾名思义，徒长枝是不利于树木生长的附庸物，会影响树木的健康成长。修剪它，不仅可以使营养不会流失，更重要的是保证了树木的健康成长！"园艺师不厌其烦地解释着。

小学生恍然大悟了。

——尊重生命的有效保障在于思虑周全，而不是轻率决策。

◀ 尽力把事情做好

某庄园要招聘一名干体力活的杂役，消息刚一传出，就有两位汉子前来参试。

一个是高个子，长得强悍；而另一个是矮个子，长得瘦弱。

他们站在一处，高矮悬殊，形成了巨大的反差。

乍一看，觉得实在滑稽可笑！

庄园主人看了他们一眼，说："这儿只有一个竞争的岗位，你们俩都得好好把握。刚才从外头进来的时候，相信你们肯定见过那些摆放在台阶上的盆花，数以百计的，哪一盆不需要有人照顾呢？我已准备好了两只木桶，高个子的用大桶去汲，矮个子的用小桶去装……至于水嘛，取井里的最好，舀池中的也无大碍……谁干得漂亮，谁就有机会被留用！"

听了庄园主人的一番话，高个子想："凭什么我要比他付出更多的气力呢？"而矮个子则暗忖道："庄园主人待我如此大度，我岂可辜负于他？"由于高个子与矮个子心里的盘算截然有别，因此其行举也各不相同——矮个子的干得不遗余力；而高个子则显示出了一种拈轻怕重的情状……

慧眼如炬的庄园主人看了高个子与矮个子的表现，决定留用矮个子。

高个子当然不服气了："我的力气没比矮个子少花，为何却落得个被淘汰出局的命运？"

"理由很简单。取井水要比舀池水难，虽然他取的不如你的多，可他已是尽力而为了。而你舀来的池水不如井水纯净，这对浇花来说，你做得还有欠缺的地方；再说你明明有力气可以提更多的水，却不曾竭尽全力。他努力地把事情做得尽善尽美，而你却不具备这样的良好素质，所以你被淘汰出局一点儿也不冤枉啊！"

高个子顿时哑口无言！

诚然，你的智慧可以比别人低，你的力量也可以比别人小，但你的感恩不能不比别人多，你的投入也不能不比别人专，这显然是成功的又一秘籍！

◀ 难以理喻的母爱

一位母亲给女儿打电话，问道："午餐给你送猪蹄，要不要呢？"

"不要！"女儿脱口而出道，"难道您不嫌煮猪蹄过于麻烦吗？"

"什么要不要，我都已替你做好了！"那头传来母亲生气的吼声。

女儿嘟囔道："既然都已替我做好了，为啥还要问我呢？"

——有一种爱就是这样不可理喻，且耐人寻味，强势中有温情，逼迫里带妥协！

◀ 扫落叶与吃果子

小和尚在扫落叶。地上的刚被扫完，树上的又飘了下来……

一旁人看到了小和尚丝毫没有不耐烦的样子，不禁好奇地问："扫落叶是一件很好玩的事情吗？"

"枯燥乏味的，怎么会是好玩的事情呢？"小和尚回答道。

"那你为何没有流露出倦怠之意厌烦之色？"

"因为只要我一想到这棵树给我带来的快乐，还能抱怨什么计较什么！春暖花开，闻着扑鼻而来的芬芳，我感到陶醉；夏日炎炎，承受着它送来的荫凉，我感到浑身舒畅；秋天来了，品尝着它那满是汁水的果实，我心里充满着感激啊！"

旁人一听，无语了。

是啊，多想想自己所接受的恩惠，你便会忘记生活中的艰辛或苦痛！

◀ 捕鸟人与养鸟人

捕鸟人对养鸟人说："你对鸟构成的伤害要比我的大，信吗？"

"这简直是无稽之谈！"养鸟人极为不悦地回答道，"我用精美的笼子供鸟住，我用清甜的泉水供鸟饮，我用雪白的米粒供鸟吃，从不亏待于鸟，怎么会对鸟构成伤害呢？至于你，要捕鸟，又怎能对鸟不会构成伤害呢？"

"你这样想，就大错特错了！"捕鸟人理直气壮地说，"我捕鸟的时候，总是战战兢兢，谨慎之极。要说对鸟有伤害的话，也只是在抓住鸟的一瞬间让它感到不适或稍有痛苦罢了。而你则不同，貌似对鸟无微不至地照顾，其实却在剥夺它的自由生活权力，并使其生存能力日渐退化。扪心自问，这样的伤害难道不是更大吗？"

养鸟人被驳问得无语以对。

——只有深入地发掘，才会让本质无处可遁而一览无遗！

◀ 豆腐带来的启示

有人一直坚持着做卖豆腐的生意，几十年如一日从无改变，且乐此不疲！

一位顾客听了，按捺不住好奇地问："我想请教一下，你这是在图啥呢？"

"难道不另起炉灶也有错吗？"做卖豆腐的回答。

"这么说来，你认定它是无可挑剔的行业了！"

"是的，这豆腐呀，好处可多着哩——做硬了，可以卖豆腐干；做稀了，可以卖豆腐花；若是太稀了，就当豆浆卖也可以；一时卖不掉，放上几天，还可以当臭豆腐卖；哪怕搁置久了也无大碍，卖腐乳也不错啊！"

的确，任何一个热爱自己行业的人，总能从痴迷投入中发现自己所从事的工作有无可挑剔之美！

◀ 关于爱情之七题

（一）计娶校花

说起王老师当年恋爱的浪漫史，至今仍有人津津乐道。

那时，他爱上了美眉校花，可追求者众，多得排成长长一队。竞争如此激烈，小伙子自然不敢掉以轻心。他决定在毕业拍照前夕，瞒着心仪姑娘遍请全班同学，酒桌上承诺，只要大家依其言而行，事后必有美酒相酬。同学们虽不知他葫芦里卖的是什么药，但出于好奇全都答应了。

拍照开始，王老师被安排和校花美眉并肩而站……

当摄影师喊到"一、二、三"的"三"时，除了被蒙在鼓里的校花美眉与王老师是站着的，余者一律都蹲下了。于是，原本要的集体照被拍成了一张双人照。

那个年代的人们思想观念陈旧，青年男女拍了双人照，就意味着婚姻的确立。就这样，王老师得偿所愿，毕业后与校花美眉结为夫妇。

（二）志在必得

师范学校毕业之后，一牛姓小伙子被分配到一所学校与一位美眉共事……

他对她一见钟情，不自禁地流露出"窈窕淑女，君子好逑"的意向，不料却遭到对方的婉言拒绝。一而再、再而三的表白，均未奏效，他索性把床铺搬到美眉的宿舍门口过夜。

美眉被吓坏了，立时打电话给自己的哥哥弟弟。兄弟俩一过来，便把他的床铺扔向操场。他搬了回来，依然放在美眉的宿舍门口，说："我不骚扰她，不影响她的工作和生活，你们管不着！"

兄弟俩只好打110叫来警察，哪知道他早已把当时的《治安管理处罚条例》背得滚瓜烂熟，警察无论如何也找不出床铺挡门的处罚依据……

不得已，美眉只能接受他作为自己每天夜里的保安。

久而久之，美眉为其真诚所感动，情愿把鲜花插到了牛粪之上。

（三）世事难料

一位母亲托一家婚介所给自己的女儿寻觅佳婿。牵线人给她们带来了两张照片，指着它们对那位母亲说："这位是飞行员，那位是商人。不知您的女儿会相中哪一个？"那位母亲不等女儿开口，就抢先发话了："为我的女儿日后生活着想，你替我约那位商人吧！"牵线人看出了她的女儿那无奈与烦恼的样子，不放心地补加了一句："可我总觉得这飞行员要比商人帅多了！"

几日后，牵线人告诉那位母亲，商人出车祸而过世了。那位母亲很失望，她感到世事无常。这时，牵线人又说："命运真会捉弄人啊——可有人就不一样，我前些天给您提的飞行员，虽然也遭遇过不幸，飞机坠毁了，但他却奇迹般地活下来了，并不如您所说的，飞行员的生命安全无法得到保障，而商人有钱准能买到幸福呀！"

那位母亲默然良久，说："那就劳驾你替我约见飞行员吧！"其女儿听了，喜上眉梢！

（四）人为良配

帅哥阿俊，缺憾唯足跛耳。几觅亲事，屡遭大挫。见其岁

东施的困惑

长，母甚忧虑，乃至形容憔悴。有一义兄，乃相士也，名声在外。问其可否有意中之选，对曰："曾谒求娶，嫌吾残疾而不就，其家住于某村某巷……"

义兄自告奋勇，遂登门撮合。见女郎貌美如花，笑挟道："汝犯孤鸾，若俯就于足跛者始免。"女郎知其为阿俊所图，力拒不从。相士曰："孤老一世，乃女人之大忌也。倘能嫁彼，衣食无患，有何不可？入其门，立掌财权，夫亦必听命于尔，威福无复加矣。"聆此剖析，女郎心为之所动。

阿俊得妻立室，店铺生意愈发兴隆。一载后，产一子，如粉琢。邻里见之，无不叹服相士之谋！

（五）耍赖的阿北

阿北暗恋上了同村的阿琴。由于家境贫穷，眼看着心仪的姑娘成为众多小伙子追求的对象而无计可施，他愈发焦虑不安。

无助的阿北只得唱着《窗外》的情歌，远走他乡弹棉花去了。可他多么想荣归故里来到阿琴的窗前诉说着心里的情愫，然而残酷的现实没能让他快速致富。

阿北怕夜长梦多，便打电话给村中的儿时挚友，嘱他找几个不谙世事的小孩子，每天等到夜深人静时在阿琴家的门前高呼着"阿北老婆~阿北老婆"。每叫10声，即付酬劳10元。如此半个月喊呼下来，阿琴果然成了阿北的老婆。

原来小孩们不休止的喊呼逼得阿琴的爹娘屈从，把女儿嫁给了阿北以求安宁。

（六）取胜于细节

到 x 乡 j 校任教的第二年，学校新增了一名老师 w。

又一秋季开学时，再增一名老师。不过，是个女的，叫 y。这下，校里的几名未婚男老师都蠢蠢欲动了。w 在我的竭力怂恿之下，也加入了恋爱角逐。在诸多大献殷勤者中间，y 明显感觉到 w 的情感最热烈。

不料半路上杀出个程咬金，x 乡 x 校的靓仔 j 出场了。他名义上约 w 等踢球，可实际上是冲着 y 而来，大伙儿心知肚明，却也无奈。靓仔 j 每到周末，不是携一篮水果就是带几条鲜鱼来，这是 w 无法做到的。

半年后，y 给同事们分喜糖。我得知她是与 j 订婚的，既讶然又怅然了。之后，还是暗恋于 w 的学生 m 道破了玄机："即便 w 的气质不逊于 j，但 y 还会选择 j 呀——一次，y 为自己夹在 w 与 j 中间烦恼了，负气返家思忖，j 一口气送她走了十几里山路，而 w 却静候不动呐！"

我深憾肥水流入外人田的结果，也知其中肯定不乏 m 的捣鼓因素，但总觉得这是必然的，遂无语矣——细节决定成败，连爱情亦不例外！

（七）病榻旁的守护

一天，年轻的小伙子对心仪的姑娘说："嫁给我吧，我会让你一生衣食无忧！"

"我相信你能做得到，因为谁都知道你有一个富豪爸爸啊。不过，我是不会答应你的！"

"为什么？"

"难道因为能过上衣食无忧的生活我就会把自己嫁出去？"

又一天，年轻的小伙子旧话重提："嫁给我吧，我会让你活得比谁都有尊严！"

"我相信你的实力；不过我还没有做好出嫁的准备！"

后来，心仪的姑娘病了，小伙子连续几天守护在病榻旁，端水喂药。他鼓起勇气，第三次旧话重提："嫁给我吧，我要与你携手走过一生。"

姑娘听了，眼眶里噙满泪水……

"你为什么到这时候才肯点头呢？"

"患难见真情，就冲着你的这份真情我还能无动于衷吗？"

小伙子笑了，那是一种从心底里迸发出的喜悦！

◀ 坚守原则的老黄牛

动物学校传出了一则颇为轰动的消息：老黄牛再次被评为"劳动模范"兼"诚信标兵"。

记者喜鹊前来采访，问："面对荣誉，您有何感想呢？"

"我得感谢这穿鼻的牛绳啊！"

"感谢牛绳做啥？"喜鹊纳闷了，"它给予您的难道不是羁绊与阻碍吗？"

"正是它的严格约束，使我变得脚踏实地安分守己吃苦耐劳。我能有今天之喜，不正是得益于它的相助么？"

—— 诚然，不要逃避约束。必要的约束会助你成功。